浙江师范大学非洲研究文库
非洲人文经典译丛
总主编 洪 明 刘鸿武
副总主编 胡美馨 汪 琳

# 听阿玛杜·库姆巴
# 讲故事

## Les Contes
## d'Amadou Koumba

Birago Diop

［塞内加尔］比拉戈·迪奥普 著

朱志红 译

浙江工商大学出版社 杭州
ZHEJIANG GONGSHANG UNIVERSITY PRESS

图字:11-2018-530号

## 图书在版编目(CIP)数据

听阿玛杜·库姆巴讲故事 / (塞内)比拉戈·迪奥普著;朱志红译.
—杭州:浙江工商大学出版社, 2019.3
(非洲人文经典译丛 / 洪明,刘鸿武主编)
ISBN 978-7-5178-3086-3

Ⅰ.①听… Ⅱ.①比… ②朱… Ⅲ.①民间故事—作品集—非洲

Ⅳ.①I407.3

中国版本图书馆 CIP 数据核字(2018)第281690号

听阿玛杜·库姆巴讲故事
TING AMADU·KUMUBA JIANGGUSHI
[塞内加尔]比拉戈·迪奥普 著
朱志红 译

| | |
|---|---|
| 出 品 人 | 鲍观明 |
| 策划编辑 | 罗丁瑞 |
| 责任编辑 | 罗丁瑞 |
| 封面设计 | 林朦朦 |
| 封面插画 | 张儒赫　周学敏 |
| 责任印制 | 包建辉 |
| 出版发行 | 浙江工商大学出版社 |
| | (杭州市教工路198号　邮政编码310012) |
| | (E-mail:zjgsupress@163.com) |
| | (网址:http://www.zjgsupress.com) |
| | 电话:0571-88904980,88831806(传真) |
| 排　　版 | 杭州朝曦图文设计有限公司 |
| 印　　刷 | 杭州高腾印务有限公司 |
| 开　　本 | 880mm×1230mm　1/32 |
| 印　　张 | 5.375 |
| 字　　数 | 120千 |
| 版 印 次 | 2019年3月第1版　2019年3月第1次印刷 |
| 书　　号 | ISBN 978-7-5178-3086-3 |
| 定　　价 | 34.00元 |

# "非洲人文经典译丛"
# 编委会

　　本书的版权购买和翻译出版获浙江师范大学外国语学院学科建设经费、浙江省"2011协同创新中心"非洲研究与中非合作协同创新中心支持。

# 总　序

　　非洲文学作为世界文学的重要组成部分，既拥有灿烂的口头文明，又不乏杰出的书面文学，是非洲不同群体的集体欲望与自我想象的凝结。非洲是个多民族地区，每个民族都有自己的语言。仅西非的主要语言就多达100多种，各地土语尚未包括在内。其中绝大多数语言没有形成书面形式，非洲口头文学通过民众和职业演唱艺人"格里奥"世代相传，内容包罗万象，涵盖神话传说、寓言童话、民间故事、历史传说等，直到今天依然保持活力。学界一般认为非洲现代文学诞生于19世纪末20世纪初，五六十年代臻于成熟，七八十年代形成百花齐放的局面，迎来了非洲文学繁荣期。这一时期的一大特点是欧洲语言（英语、法语、葡萄牙语等）与非洲本土语言（阿拉伯语、斯瓦希里语、豪萨语、阿非利卡语、奔巴语、修纳语、默里纳语、克里奥尔语等）文学并存，有的作家同时用两种语言写作。用欧洲语言写作是为了让世界听到非洲的声音，用本土语言写作是为了继承和发扬非洲本土文化。无论使用何种语言创作，非洲的知识分子奋笔疾书，向世界读者展现属于非洲人民自己的生活、文化与斗争。研究非洲文学，就是去认识非洲人民的生活历程、生命体验、情感结构，认识西方文化的镜像投射，认识第三世界文学、东方文学等世界经验的个体表述。

20世纪末，世界各地的图书出版业推出各区域、各语种"最伟大的100本书"，如美国现代文库曾推出"20世纪最伟大的100部英语作品"，但是其中仅3部为非裔美国人所创作，且没有一位来自非洲本土。即便是获得20世纪诺贝尔文学奖的非洲作家也榜上无名。在过去百年中，非洲作家用不同的语言，以不同的形式和风格，创作了不同主题的作品。尽管这些作品被翻译成多种语言在世界各国出版，但世界对于非洲文学的独创性及其作品仍是认知寥寥，遑论予其应有的认可。在此背景下，在出生于肯尼亚、现任纽约州立大学宾汉姆顿分校全球文化研究所所长的阿里·马兹瑞（Ali Mazrui）教授的推动下，评选"20世纪非洲百部经典"的计划顺势而出。津巴布韦国际书展与非洲出版网络、泛非书商联盟、泛非作家联盟合作，由来自13个非洲国家的16名文学研究专家组成的评委会从1521部提名作品中精选出"百部"经典，于2002年在加纳公布了最终名单。这可以说是迄今为止最权威的、由非洲人自己评选出来的非洲经典作品名单。

　　细读这一"百部"名单，我们发现其中译成中文的作品只有20余部，其中6部为诺贝尔文学奖获得者所著，11部在20世纪80年代（含）之前出版。许多在非洲极具影响力的作家不为中国读者所知，其作品没有中文译本，也没有相关研究成果。相对欧美文学、东亚文学，甚至南美文学，非洲文学在我国的译介与传播远远不足。

　　非洲文学在我国的译介历史可追溯至晚清，但直到20世纪50年代才真正起步。这既有文化方面的原因，也有政治方面的原因。非洲虽然拥有悠久的口头文学历史，但书面文学直到殖民文化普及才得以大量面世。书面文学起步晚，成熟自然也晚，在我国的译介则更晚。中华人民共和国成立以后，非洲国家逐渐摆脱殖民枷锁，中非国家建交与领导人互访等外交往来带动了上世纪五六十年代的非洲文学翻译热潮。当时译入的大部分作品是揭露殖民者罪恶的反殖民小说或者诗歌，这和我国当时的意识形态宣传需求紧密相关。70年代出现了一段沉寂。自80年代起，非洲数位作家获诺贝尔奖、布克奖、龚古尔奖等国际文学奖，此后，非洲英语文学、埃及文学逐渐成为非洲文学译介的重心。进入90年代以来，我国学界开始从真正意义上关注非洲文学的自身表现力，关注非洲作家如何表达非洲人民在文化身份、种族隔离、两性关系、婚姻与家庭等方面的诉求。非洲文学研究渐有增长，但非洲文学译介却始终不温不火，甚至出现近30年间仅有2部非洲法语文学中译本的奇特现象。此外，我国的非洲文学译介所涉及的语种也不均衡。英语、阿拉伯语文学的译介多于法语、葡语文学，受非洲土语人才缺乏的局限，我国鲜有非洲本土语言创作的作品译本。因此，尽管非洲文学进入中国已有数十年，读者对其仍较为陌生，"非洲文学之父"阿契贝在我国的知名度也远不及拉美的马尔克斯、博尔赫斯。

不了解非洲文学，就无法深入理解非洲文化，无法深入开展中非文化交流。2015年初，浙江师范大学外国语学院策划了"20世纪非洲百部经典"译介工程，并计划经由翻译工作，深入解读文本，开辟"非洲文学研究"这一新的学科发展方向。经过认真研讨、论证，学院很快成立了"非洲人文经典译丛学术组"，协同我校非洲研究院，联合国内其他高校与研究机构，组织精干力量，着手设计非洲人文经典作品的译介与研究方案。学院决定首先组织力量围绕"20世纪非洲百部经典"撰写作家作品综述集，同时，邀请国内外学者开办非洲文学研究论坛，引导学术组成员开展非洲经典研读，为译介与研究工作打好基础。

2016年5月，由我院鲍秀文教授、汪琳博士主编的近33万字的《20世纪非洲名家名著导论》出版。这是30余位学者近一年协同攻关的集体智慧结晶，集中介绍了14个非洲国家的30位作家，涉及文学、社会学、人类学、民俗学、哲学等领域。同年5月，学院主办了以"从传统到未来：在文学世界里认识非洲"为主题的

"2016全国非洲文学研究高端论坛"，60余名中外代表参会。在本次会议上，我们成立了"浙江师范大学非洲文学研究中心"——这也是国内高校第一个专门从事非洲文学研究的研究机构。中心成员包括校内外对非洲文学研究有浓厚兴趣且在该领域发表过文章或出版过译作的40余位教师，聘任国内外10位专家为学术顾问，旨在开展走在前沿的非洲文学研究，建设非洲文学译介与研究智库，推进国内非洲文学研究模式创新与学科发展。

与此同时，我们从百部经典名单中剔除已经出版过中译本的、用非洲生僻语言编写的，以及目前很难找到原文本的作品，计划精选40余部作品进行翻译，涉及英语、法语、阿拉伯语、葡萄牙语与斯瓦希里语等多个语种，将翻译任务落实给校内外学者。然而，译介工程一开始就遇到各种意想不到的困难。仅在购买原作版权这一环节中，就遇到各种挑战。我们在联系版权所属的出版社、版权代理或作者本人时，有的无法联系到版权方，有的由于战乱、移居、死后继承等原因导致版权归属不明，还有的作品遭到版权方拒绝或索要高价。挑战迭出，使该译介工程似乎成了"不可能完成的任务"。但我们抱着"20世纪非洲百部经典值得译介给中国读者"的信念，坚持不懈，多方寻找渠道联系版权，向对方表达我们向中国读者介绍非洲文学和文化的真诚愿望。渐渐地，我们闯过一个又一个看似不可能闯过的难关，签下一份又一份版权合同，打赢了版权联系攻坚战。然而当团队成员着手翻译时，着实感受到了第二场攻坚战之艰难。不同于大家相对较为熟悉的欧美文学作品，中国读者对非洲文学迄今仍相当陌生，给翻译工作带来巨大挑战。在正式翻译之前，每位译者都查阅了大量的资料，部分译者还远赴非洲相关国家实地调研。我们充分发挥学校的非洲研究优势，与原著作者所在国家的学者、留学生，或研究该国的非洲问题专家合作，不放过任何一个疑惑。译介团队成员在交流时曾戏称，自己在翻译时几乎可以将作品内容想象成电影情节在脑海里播放。尽管所费心血不知几何，但我们清楚翻译从来都不可能尽善尽美，译文如有差错或不当之处，我们诚挚邀请广大读者匡正，以求真务实，共同进步。

在中非合作越来越紧密的今天，人文领域的相互理解也变得越来越迫切，需要双方学者进行全方位、多角度、深层次的系统研究。我们希望在中国文化走向非洲的过程中，也将非洲经典作品引介给中国读者。丛书的出版得到了浙江师范大学非洲研究院的大力支持，长江学者、院长刘鸿武教授是国内非洲研究领域的领军学者，对本项目的设计、推进提供了十分重要的指导意见，王珩书记也持续关心工作的进展。杭州电子科技大学非洲及非裔文学研究院院长谭惠娟教授在本项目设计之初就给出了宝贵的指导意见。借此机会，我代表学院向他们一并表示衷心的感谢！

"非洲人文经典译丛"的出版是我们在非洲文学文化研究的学术道路上迈出的第一步。随着我们对非洲人文经典作品的译介和

研究的深入，今后将会有更多更好的成果与读者见面。谨希望这
套丛书能够为中国读者了解非洲文化、促进中非人文交流尽一份
绵薄之力。

浙江师范大学外国语学院院长

洪　明

2017年12月于金华

致我的女儿——内努和得得

你们要知道和牢记：只有把根扎进肥沃的土地，树才能生长。

# 目　录

# 引　言

"巴凯，你睡了吗?"

"睡了，奶奶。"

当我这样回答，奶奶就知道我没睡着。怕得发抖，我竖起耳朵，紧闭双眼，在听令人毛骨悚然的故事。妖怪、淘气的小精灵和长头发的库斯都会出现在故事中。像也在听故事的大人一样，我满心欢喜地追逐不断冒险的野兔卢克，它既狡猾又擅长蹦跳。在从偏僻的荒漠区到皇宫的冒险历程中，它不断地愚弄动物和村民。

当我不再回答奶奶的问题，或当我开始否认我睡着时，妈妈总是说:"该让他睡觉了。"当我睡眼惺忪地要求奶奶答应第二天晚上接着给我讲故事后，奶奶就把我从凉席上抱起放到床上，因为夜里凉席太凉了。在非洲只有夜晚才讲故事。

奶奶去世了，于是我生活在其他老人身边。我在他们身边逐渐长大：喝树皮浸的酒和树根煎的汁，攀爬猴面包树。孩提时代，在水源地畅饮时，我听过许多名言警句，并且记住了一些。

我看到和听到了最后的姆邦达卡特（歌唱和舞蹈小丑）的演出，我听到了里迪卡特在他们的单弦小提琴上演奏的音乐。这把单弦小提琴只是一个蜥蜴皮做的葫芦，马鬃做的弦在他们的撩拨下发出说话声、笑声和哭声。我听到了拉芳卡特一口气朗诵了整篇《古兰经》，为了把人们从荣耀的事迹拉回到现实，他会在一段神圣的领唱经文中添加对难看的姑娘和龅齿的老妇人的讥讽。

以后，在别的地方，在阴天或没有太阳的日子，我常常闭上眼睛，哼起《人类家园》中唱的卡萨克。我仿佛又听到妈妈，尤其是奶奶在反复说胆小、自负的鬣狗布吉的挫折，孤儿卡里·加耶的不幸，迪雅布·纳达卫这个孩子的顽劣，桑巴·塞达内的胜利，笃信宗教的阿马里的恶魔和灾难。

对过去短暂的回忆缓解了离愁，一度减轻了难以割舍的思乡情。再现晴朗、炎热的时刻，只有远离才能学会欣赏这一切。

当我回到家乡，我孩提时候学的东西几乎没忘。在我漫长的人生路上，遇见我家的格里奥（黑非洲世代相传的诗人、口头文学家、艺术家和琴师的总称）老阿玛杜·库姆巴真是一大幸事。

有几个晚上，有时是白天，阿玛杜·库姆巴给我讲我自幼听惯的那些相同的故事，我向他坦白了这一点。他又给我讲了其他一些故事，故事中有很多蕴含祖先智慧的警句、格言。

这些带有细微差异的相同的故事和相同的传奇，我在远离塞内加尔的尼罗河畔和苏丹平原远足时也同样听到过。

其他像曾经的我一样的孩子们，其他像我的长辈一样的大人们都在听故事，脸上带着相同的渴望，被燃烧正旺的柴捆映照着。其他一些老年妇女，其他一些格里奥经常讲这些故事。大家齐声重唱的歌曲一再中断故事，常由达姆鼓的咚咚声伴奏，或由颠倒的葫芦来强调。偏僻荒漠区吹来丝丝阴风，相同的恐惧侵袭着听众，相同的快乐引发阵阵笑声。恐惧与快乐同时在无尽的黑夜包围下的非洲村民的心中时隐时现。

听众包括我以及我看到的人，有的专心，有的骚动，有的沉思。我之所以不能把气氛带到我的故事中，是因为我长大了，步入社会，不再是一个纯粹的孩子，也没有能力构想神奇。我尤其缺乏的是老格里奥的声音、激情、手势和面部表情。

他的故事和格言中令人信服的情节成为我无法超越的竞技场。我像一个笨拙的织布工，想使用不熟练的梭子织几根带子来缝制缠腰带。如果我的祖母回来，她可以在上面找到她纺第一根线的棉花。阿玛杜·库姆巴在这根缠腰带上可能不会很快认出他不久前为我织的漂亮织物的色泽。

# 母驴法丽

　　阿玛杜·库姆巴常常是刚进入一个话题，就从该话题中出来了，之后再更好地回到这个话题。他习惯于这样做。我将转述他的小故事，并且有一天我可能会歌颂他的丰功伟绩。

　　就因我们中某个人的一句话，他常常把我们带到一个遥远的时代。路过的一个人、一个女人的手势也常会令他的记忆中浮现出他的高祖父从他的高祖父的祖父那儿听到的故事和格言。

　　沿着我们已经攀爬了一整天的南方大道，到处被兀鹫蹭亮的骨架、各种腐烂程度不一的尸体代替了从不存在的里程碑。这些都是驴的死尸和骨架，正是它们，生前把海边的可乐果驮到苏丹。

　　我说："可怜的驴！它们承受了多大的压力呀！"

　　阿玛杜·库姆巴问："你也可怜它们？它们现在这样，是咎由自取。它们是奴隶的奴隶。"达喀尔关于税收和劳役的命令一级一级传下来：从政府到行政管辖区的领导，从行政管辖区的领导到区长（还有翻译），从区长到村长，从村长到家长，从家长到它们的背上。一切还是和以前一样（因为我不认为有什么改变）。从达梅尔国王到拉马纳总督，从拉马纳到自由人狄昂卜，从狄昂卜到地位低下的巴多罗，从巴多罗到奴隶的奴隶。驴之所以沦落到现在的样子，那是它们咎由自取。

在古代，很古老的时代，像我们一样，驴肯定没有丧失记忆，它们像地球上所有其他生命一样，自由地生活在一个丰衣足食的地方。它们一开始犯了什么错？没人知道，可能永远也没人会知道。一天，极其严重的干旱开始在这个地区肆虐，这里饥荒遍地。在一系列的建议和无休止的集会后，他们决定由法丽王后和她的女朝臣去寻找一片不那么荒凉的土地，一个更好客、更肥沃的地区。

人类居住的内盖王国，那儿的收成好像比其他任何一个国家都要好。法丽王后很想在那里留下来。但是，怎样才能毫无危险地拥有原本属于人类的所有这些好东西呢？可能只有一个办法：自己变成人类。但是，男人会自愿把属于自己的、通过汗水获得的东西让给他的同类？法丽对此闻所未闻。对女人，男人可能什么也不会拒绝。因为在她的记忆里，从没见过男人拒绝女人或打女人，除非他像疯狗一样疯了。所以法丽决定还是保持女儿身，化身为女人，她的随从也一样。

纳赫，内盖国王的辅臣，摩尔人，他可能是整个国家唯一一个诚心地参加伊斯兰教仪式的人。这算不上什么功劳，他只是要对得起用武力把伊斯兰教强行引入这个国家的祖先。但是，纳赫与其他人不同，首先他的肤色是白的，其次，他连最小的秘密也保守不住。所以到现在，人们还用"他吞食了一个摩尔人"来形容一个人嘴不严。

纳赫确实非常虔诚。一天五次礼拜他一次也不缺。一天早上，他去内盖湖小净时，惊讶地发现一些女人在那儿洗澡，其中有一个被其他女人包围着的女人美得连初升的太阳的光芒在她面前都失去了光泽。纳赫忘了小净和祷告，跑着回来叫醒国王：

"布赫！比拉伊！瓦拉伊！（千真万确，以上帝的名义！）如果我撒谎，让人砍断我的脖子。我在湖边看到一个美得无法形容的女人！布赫，来湖边！快来！只有你配得上她！"

布赫跟着摩尔人来到湖边，带走了那个美丽的女人和她的随从，并且让这个女人成为他最喜爱的妻子。

当人对自己的本性说"在这里等着我"时，才一转身的工夫，本性便会尾随其后，紧跟而行。如此倒霉的，也不仅仅只是人类。与其他生物一样，驴也是如此。所以，法丽和她的重臣们虽然本可以在内盖王宫幸福地、无忧无虑地生活，但事实上，她们每天却觉得厌烦、备受煎熬。对于驴类，这样的生活与其本性相悖，何来的高兴、幸福？驴鸣、放屁、尥蹶子，这些才是它们的天性。

一天借口天气炎热，她们请求布赫允许她们每天黄昏时分去湖里洗澡。

集拢葫芦、砂锅和所有脏的容器，她们就这样每天晚上去湖边，在那儿她们脱去长袍和缠腰布，唱着歌跳入水中：

> 法丽，嘻！嗨！
> 法丽，嘻！嗨！
> 法丽是只母驴，
> 母驴王后法丽在哪？
> 她将移居不再回来了吗？

伴着歌声，她们又变回了母驴。随后，她们从水里出来，又跑又跳，尥蹄放屁，打滚撒欢。

没人打搅她们嬉戏。唯一一个能这样做的、唯一一个黄昏会出村庄小净和祷告的摩尔人纳赫去麦加朝圣了。玩累了，玩尽兴了，法丽和随从又变回女人，从湖边回到王宫，葫芦和锅被擦得铮亮。

如果纳赫死在去朝圣的路上，如果他被扣在那里，在东方的邦巴拉、佩勒或奥萨帝国当奴隶，或者为了离天堂更近，有生之年他更想住在卡阿巴附近……这一切本来可以一直持续。但是，一天，纳赫正巧在黄昏时分回来。在问候国王前，他朝湖边走去。

在那儿他看到一些女人，他藏在树后听她们唱歌。看到她们变成母驴，此时的他比第一次看到她们时更惊讶。他来到王宫，但看到和听到的，什么也不能说。国王祝贺他，并询问他关于朝圣的一些问题。但是因为在湖边看到的秘密阻碍了吃多了的"古斯古斯"和羊肉的消化，半夜他来叫醒国王：

"布赫，如果我撒谎，让人割去我的头，你最疼爱的妻子不是人类，而是一头母驴！"

"纳赫，你在说什么？难道朝圣路上神灵让你失了心智？"

"明天，布赫，明天！我会向你证实。"

第二天早上，纳赫叫来国王的说书艺人和乐师，也就是格里奥狄雅礼，教给他法丽的歌。纳赫对格里奥说："中饭后，为了让国王入睡，当最受宠爱的王后在她的大腿上摩挲国王的头时，你别唱已故国王的赞歌，你就边弹吉他边唱我刚刚教你的歌。"

狄雅礼，像任何一个令人尊敬的格里奥一样，好奇地问："这是你在麦加学的歌曲吗？"

摩尔人纳赫回答说："不！但你马上会看到我这首歌的作用。"

纳赫再次讲述朝圣的经过时，布赫处于半睡半醒状态，头枕在王后的腿上。这时，狄雅礼一边弹吉他，一边轻轻哼曲，开始唱：

法丽，嘻！嗨！

法丽，嘻！嗨！

王后浑身打战，布赫也睁开了眼，狄雅礼继续唱：

法丽，嘻！嗨！
法丽是只母驴。

王后哭着说："布赫，让狄雅礼别唱这首歌了。"

"为什么？我亲爱的妻子？我，我觉得这首歌挺美的。"国王说。

格里奥解释说："这是纳赫在麦加学的一首歌。"

王后呻吟说："求你了，王上！让他停下来吧！听了这首歌我心脏不舒服，因为在我们那里，葬礼上唱的就是这首歌。"

"但是，你看，这不是一个能让狄雅礼停止歌唱的理由。"

狄雅礼一直在唱：

法丽是只母驴，
母驴王后法丽在哪？
她将移居不再回来了吗？

突然，给布赫国王当枕头的王后的腿变僵硬了，长裙下出现了一只蹄，然后又出现了一只爪子。另一条腿也变了，耳朵伸长，漂亮的脸蛋同样也变成了驴脸。抛开她的国王丈夫，变回母驴的法丽在屋里尥蹶子，踢掉摩尔人纳赫的下颌。在旁边的茅屋、厨房、院子里，驴子肆意攻击，母驴们的喊声表明法丽的臣民也和王后一样正遭受同样的命运。

像她们的王后一样，她们也被棍棒控制着，被束缚着失去自由。

由于担心他们的王后和妻子，所有的驴子出发寻找她们，也经过了那盖王国。

自从那盖王国发生了法丽事件后，驴子受尽了棍棒的刑罚，不分昼夜地驮着货物在路上疾走。

# 评　判

　　的确，那天晚上，猴子部落的首领格洛在参观当巴的西瓜田时有些夸张。他召集了所有臣民，臣民们不仅鱼贯而至，站立成一条流水线，一个一个传递西瓜，而且他们成群结队地跳过大戟篱笆。大戟是植物中最笨的，只会分泌乳汁，一触碰就流出乳汁。格洛触碰大戟以及其他东西，他和他的部落将所有田地洗劫一空，他们的行为就像粗俗的豺。众所周知，如果说豺被视为最喜欢田里种植的西瓜的动物，那么豺也是直到现在，世上或准确地说夜间最没教养的动物。

　　格洛和他部落的举止像豺的弟子，因为他们非常清楚这些西瓜不是老梅德让布的。从前，老梅德让布曾给予所有猴子的祖先极重的惩罚，该惩罚褪去了猴子屁股上的毛。这个标记以及记忆将永远留在猴子所有子孙后代的心中。

既然格洛行为像豺蒂勒，当巴肯定也会像老梅德让布一样惩罚他们，蒂勒以前曾与第一个西瓜种植者打过交道，但格洛和他的任何一个臣民都没有等到当巴的到来。

可能格洛想得有些夸张了，肯定是的。早上，发现田里作物被严重损毁，当巴不高兴了。但他把他的不满发泄到他的妻子库姆巴身上。他家门前有一条沟，当巴同时跨过这条沟和他家的门槛。

他觉得库姆巴向他打招呼时跪着给他喝的水不够凉快，古斯古斯太烫又不够咸，肉又太硬。总之鼻子不是鼻子脸不是脸。难怪想吃自己孩子的鬣狗觉得自己的孩子闻起来像山羊。

骂够了，当巴开始痛打库姆巴，打累了，他对她说："回你娘家去，我把你休了。"

库姆巴一句话都没说，开始收拾她的衣服和用品，打扮了一番，穿上最漂亮的衣服。她穿着绣花紧身衣，胸部高高耸起，纳加拉姆材质的缠腰布紧绷在丰满的臀部上，优雅地动一下，珍珠腰带就叮当作响。她身上令人头晕的香气刺激着当巴的鼻孔。

库姆巴把行李顶在头上跨过门槛出了家门。当巴做了个想叫住她的动作，但忍住了。他想："她的父母会把她送回来的。"

两天，三天，十天过去了，库姆巴没有回来，她的父母亲也音信全无。

只有想坐的时候才知道屁股的用处。当巴开始意识到女人在家里到底意味着什么了。

　　炒花生是极鲜美的东西，但所有的美食家，甚至那些吃饭只为活着的人也承认：用黍米粥把花生做成甜沙司更好，而咸辣花生更适合菜豆古斯古斯。当巴认为这个时候他不得不同意这个看法啦。白天的饭不带到田里吃了，晚上他自己生火烤花生或白薯。

　　成年男子禁止碰扫把，然而家里地上的灰尘、花生壳和白薯皮一天比一天多，那当巴又该怎么办？

　　光着上身确实能好好干活。但傍晚，穿上衣服，当巴还是非常希望衣服不像狗的肝脏那么脏，然而冠以男人称号的当巴能屈尊拿上葫芦、肥皂和脏衣服去河里或井边洗衣服吗？

　　当巴开始想所有的这些问题以及许多其他问题。他的智力可能有些欠缺，他不断重复："只有想坐时才知道屁股的作用。"

　　禁欲是一种极好的美德，但如若一个人真的禁欲，那肯定是因为伴侣太平庸。库姆巴太瘦了，在床上占不了多大空间，现在当巴发现他的床一个人睡真是太大了。

　　相反，在过去的每一天，库姆巴意识到，在一个到处都是大胆向女人献殷勤的年轻男子的村庄里，对一个年轻又讨人喜欢的被休女人完全没有不舒适的感觉，有的恰恰是相反的感觉。

　　和哥哥、弟弟旅行是最愉快的事，途中，哥哥负责找住处，弟弟生火。回到父母家的库姆巴又见到了姐姐和妹妹们。此外，在他们看来，库姆巴在丈夫家受了太多的苦，所以受到众人的厚待和爱惜。

当有太多东西可捡时，弯腰就不舒适了。从库姆巴回家的第一天晚上起，她家就坐满了众多的追求者，歌手格里奥和吉他伴奏乐师也说服不了她在这些人中选择一个。晚饭后，听到的只是些歌手格里奥对库姆巴、她的朋友和她的追求者的歌声和赞美，以及令人回想起祖先荣耀的狄雅礼的音乐。

已经为即将到来的星期天准备好一只大大的达姆鼓。在达姆鼓的鼓声中，库姆巴要在这些追求者中最终选一个。哎呀！星期六晚上，一个人出现了，大家都没预料到，库姆巴更是没有预料到，他就是当巴，当他走进岳父母家中时，他对他们说："我来接我的妻子。"

"但是，当巴，你不是休了你的妻子了吗?"

"我并没有休她。"

有人去库姆巴的屋里叫她，屋里坐满了朋友、格里奥、追求者和乐师。

库姆巴宣称："你叫我回娘家了。"她一点也不想再踏上回丈夫家的那条路。

应该去找村里的老人寻求帮助。但那些老人也不知道丈夫和妻子到底谁有理，两人中应该相信谁，也不知道该做何决断：库姆巴独自一人回到父母亲的住处，她就是热热闹闹、高高兴兴地从这里出发到丈夫家去的。（从丈夫家回来后）过了七天又七天，第三个七天过去了，当巴没有来请她回去。根据各种可能性，她不会离开她的丈夫。女人太必不可少了；如果没有非常重要的理由不能让她走。然而库姆巴离开丈夫回到母亲家才不到一个月，如果他们夫妇愿意复合，分离不会是最终的结果，因为当巴并没要回聘礼和礼物。他为什么没有要回聘礼和礼物呢？

当巴回答说："正是因为我没有休她。"

库姆巴肯定地说："你已经把我休了。"

因为休妻的丈夫将失去给岳父母的聘礼和未婚妻的礼物，不能再要回这些。但是没有休妻的人既不需要要回聘礼也不需要要回礼物。

这个问题过分清晰，这些智慧老人也应付不了。这些老人建议他们到莫布尔，从莫布尔又到纳吉斯，从纳吉斯到莫巴达那，从莫巴达那到迪奥洛尔。库姆巴总说："你已经把我休了。"而当巴总是说："我没有休你。"

他们从一个村庄到另一个村庄，从一个地区到另一个地区。当巴想他的家、他的床、整葫芦整葫芦的古斯古斯，以及油从手指流到手臂肘弯的米饭；库姆巴在想自己短暂的自由、众多热情的献殷勤者、格里奥的赞扬和吉他的伴奏。

他们来到狄瓦，来到纳杜尔。一个说："我没有休你。"另一个说："不，你已经把我休了。"穆斯林国家的隐士们在《古兰经》中翻阅法拉塔和苏娜，其中有的格言用于维系或解开婚姻关系。在异教的狄埃多，拜物教祭师们询问神圣的金丝雀、用可乐果汁染红的小贝壳和祭祀用的母鸡。库姆巴总说："你已经把我休了。"而当巴总是说："我没有休你。"

　　一天晚上，他们终于来到马卡古丽。马卡古丽和其他任何一个村庄都不同。这儿没有狗，也没有猫，有的是带有凉爽和浓密绿荫的罗望子树、吉贝和猴面包树。塔巴特围绕着住房，栅栏围着清真寺和铺着沙子的院子。村里有许多用麦秸（稻草）搭的房子和黏土砌的清真寺。然而，树木、塔巴特、房子、清真寺的墙，这些是到老还是没教养的狗卡迪随时抬腿撒尿的地方。狗尿比其他任何动物的尿都多，不论是身体哪个部位还是长袍的下摆碰到狗尿，最虔诚的祈祷都会化为乌有。

　　树荫是给人休息和集会用的，不是给狗撒尿的。细沙覆盖着清真寺的院子，赶驴的人每月都会到沿海的沙丘取一些像糖一样的白色沙子，清真寺院子里的细沙不能给猫乌杜当粪池，不能让猫在细沙里面拉一些不恰当的东西。所以在马卡古丽既没有狗也没有猫。仅有的几只在灰尘中打滚抢骨头玩耍，还有一些不会说话的极小的孩子。因为在马卡古丽，孩子一能说"妈妈，背我"，家长就把孩子送到学校学习法蒂哈和《古兰经》的其他章节。

　　一天晚上当巴和库姆巴到达马卡古丽。那里住着不知去麦加朝圣过多少次的大隐士马蒂阿卡特·卡拉，他虔诚的徒弟们伴随其左右。

　　从早到晚，常常是从晚上到早上，仅在这个村庄里，人们祈祷，朗诵连祷文，赞美安拉和先知，朗读《古兰经》和圣训。

当巴和库姆巴被安顿在马蒂阿卡特·卡拉家，像所有远道而来的旅行者一样住在村民家中。库姆巴和女人们一起吃饭，当巴和男人们一起吃饭。

深夜时分，该睡觉了，库姆巴拒绝在主人给自己和当巴准备的住处陪当巴，库姆巴解释说："我丈夫把我休了。"然后她讲述了她丈夫恼怒地从田里回来后自己承受的责骂和遭到的毒打。当巴承认自己确实责骂了她，但并没有她说的那么夸张；他也承认他曾准备打妻子，但仅仅是推了几下，而且自己并没休妻。

"不，你已把我休了。"

"不，我没有休你。"

当马蒂阿卡特·卡拉来调解时，争论再次开始，马蒂阿卡特·卡拉对最年轻的妻子说："带着库姆巴去你住的地方，我们明天再来弄清他们的事。一切顺利！"

夫妻俩各睡各的，像从格洛及他的任性的孩儿们洗劫了西瓜田的那个晚上起的任何一个晚上一样，格洛可能不知道自己行为的后果或者还在嘲笑这事（这还是很可能的，因为猴子非常清楚人遇到的事）。

新的一天来临了，就像马卡古丽的其他日子一样，这一天也在劳作和祈祷中度过。妇女们在劳动，男人们在祈祷。

马蒂阿卡特·卡拉前一天晚上说："但愿我们明天弄清他们的事。"

然而一天过去了，他既没有叫他们夫妇，也没有询问他们。库姆巴帮助女人们做家务和做饭。当巴参加了男人的祈祷并且听博学的隐士做评论。

傍晚时分，太阳离开了被染成靛蓝色的田野，预示着晚上会是好天气，最早的几颗星星在天际升起。

先后出现在清真寺四个角落的穆安津（报时者）在夜晚的风中发出信号，召唤虔诚的人进行晨祷。

伊玛目（教长）马蒂阿卡特·卡拉带领着他的门徒出发去朝圣，道路漫长而艰辛，充满了陷阱。

念着《古兰经》中的诗句，身体弯曲成九十度，额头着地碰到像糖一样的白沙，抬头，身体重新站起，屈膝下跪，连续进行这些动作。最后头转向右边，向右边的天使问好，然后转向左边，向左边的天使问好。

刚说完"你好"，马蒂阿卡特·卡拉突然转身问："休了妻子的那个男人在哪？"

位于最后一排虔诚者中的当巴说："我在这儿。"

"你的舌头最终比你的思想快，你的嘴同意说出事实真相。"

"告诉他的妻子安心地回娘家去，她的丈夫在我们众人面前承认自己休妻了。"

阿玛杜·库姆巴说："这就是为什么现在我们这儿还在说'马蒂阿卡特·卡拉的评判'。"

# 乳　峰

当记忆拾捡枯枝，它会带回自己心仪的柴捆。

目之所及的是环绕的地平线。小径上到处是夏天的绿色和秋天的黄褐色，我在寻找萨瓦那广阔的区域，却只发现光秃秃的山，阴沉沉的如俯卧着的古老巨人，因为它们可能是异教徒，雪也不愿将它们掩盖。

冬天像一个蹩脚的织布工，既没有对棉花进行脱粒也没有对棉花进行梳理，只编织出绵绵细雨。天空灰蒙蒙的，太阳苍白无力，冷得令人发抖。于是我靠近壁炉，烤烤冻僵的四肢。

用自己砍伐并锯开的木头生的火显得比其他任何火更暖和。

跨过跳动的火焰，我的思绪陆续回到弥漫着回忆的小径。

突然，火焰变成了在晃动的波浪上的落日的红色反光。在船的底部，断裂的波浪形成了短暂的磷火。疲于长途的旅行，客轮懒懒地绕过阿拉马狄尖。

我身旁一个讥讽的声音问道："这就是传说中的乳峰呀?"

呃！是！这就是乳峰，塞内加尔的制高点，海拔才100米。我不得不向这位少妇坦白这一点。在整个行程中她羞涩而低调，我极其渴望叫她维奥莱特。在发现这座高度微不足道的山时，就是这个维奥莱特嘲笑着问"这就是传说中的乳峰吗"。

因为她还要继续旅行，会看到福达德加隆、喀麦隆的山等，所以如果我告诉她有的山更低也是徒然。维奥莱特仍然会想到用两堆这里长满苔藓，那里光秃秃的，可笑的红土点缀的塞内加尔，大自然没有尽力。

在这第一次回国后，仅仅在以后，确切地说更久以后，在与阿玛杜·库姆巴的接触中，我学到她知识和智慧海洋中的零星。其中，我知道了乳峰是维尔特角半岛的两块隆起的山丘，是太阳傍晚沉入大西洋之前久久凝视的最后的非洲土地。

当记忆拾捡枯枝，它会带回自己心仪的柴捆。

今晚，在火边，我的记忆与家乡的小山，莫马尔的妻子们以及金黄色头发的、害羞的维奥莱特联系在一起。我以此回答维奥莱特的讥讽问题，只是可能有些晚了。这就是阿玛杜·库姆巴给我讲述的故事。

　　说到妻子，二并不是个好数字。对于想避免争吵、叫喊、责备和恶意影射的人，需要三个或仅仅一个妻子，而不是两个。如果两个妻子在一个屋檐下，家庭的生活就如同存在第三个妻子一样，这第三个妻子，不仅百无一用，而且是后院中最糟糕的，只会出最馊的点子。这个妻子叫嫉妒，声音就像罗望子树的汁液一样酸涩。

　　莫马尔的第一个妻子卡利是个嫉妒心极强的人。她的嫉妒心扔到井里可以装满十个葫芦，在她黑如炭的心底还有一百个羊皮袋的嫉妒。确实卡利可能没有充分的理由对自己的命运感到满意。因为，卡利是个驼背。噢！其实没什么，只是一小块肿块而已，上浆的内衣和大褶皱的长袍能轻易遮掩该肿块。但是卡利认为所有人的目光都盯着她的肿块。

　　儿时像别人一样光着上身出去玩，她的耳畔总是回荡着玩伴的"驼背卡利"的叫声和嘲笑声。同伴每次都问她是否愿意将她背上随时背着的"宝宝"借给她们。她会盛怒地追赶他们，对落入她手里的人毫不留情。把她抓得遍体鳞伤，拔掉她的辫子和耳环。受卡利残害的人会拼命叫喊、号啕大哭，只有几个同伴当她们不惧怕驼背卡利的捶打和爪子时会把卡利扔出去，因为不过是孩子们的游戏，大人不会介入她们的争吵中。

　　随着年龄的增长，卡利的性格并没有丝毫改善，相反，她的性格变得像神灵跨过的牛奶一样尖酸，现在是莫马尔在忍受他驼背妻子的极坏的脾气。

莫马尔去田里时得带上饭。卡利由于害怕嘲笑的目光不愿出门，更主要的原因是不愿帮助丈夫在田里干活。

厌烦了整天干活，只有晚上一顿热饭，莫马尔终于决定娶第二个妻子，于是他与库姆巴结了婚。

看到丈夫的新妻子，卡利本来应该成为最好的妻子，最可爱的妻子，这是莫马尔非常天真地期待的。但事与愿违。

库姆巴也是个驼背。她的肿块确实超出可以接受的程度。当她转过身时，染色的金丝雀好像直接支撑着在头上的头巾和葫芦。尽管长着肿块，库姆巴还是很快乐，温柔可爱。

人们嘲笑光着上身玩的驼背的小库姆巴，要求借用一下她背上的"宝宝"，她笑得比别人都大声，回答说："如果他会跟你走，那太惊讶了，他甚至都不愿下来喝奶。"

以后，在与大人的接触中，库姆巴可能知道大人不及孩子会嘲笑人，但比孩子更有恶意，但她也没有改变自己善良的本性。在丈夫家中，她保持着初心。因为把卡利看作姐姐，她竭力取悦她：库姆巴总是做着家里的重活，去河里洗衣，簸扬谷物，研磨黍米，每天把饭送到田里并帮丈夫莫马尔干活。

卡利并没有因为库姆巴这样做更高兴，相反，她比以前更暴躁和恶毒。看到库姆巴并没有因为自己的大肿块而受苦，就像贪吃者啥菜都吃一样，她则啥都嫉妒。

　　莫马尔在他的两个妻子中享受着一半的幸福，两个都是驼背，一个优雅、善良、可爱，但另一个恶毒、暴躁、坏心肠。

　　为了帮丈夫多干活，库姆巴总是把前一天或拂晓准备好的饭带到田里。从早晨就开始锄草，正午时分，影子为躲避太阳的炙烤缩在身子下，莫马尔和库姆巴停下活儿。库姆巴加热带到田里的饭或稀饭后，与丈夫分吃。两人躺在位于田地中间的罗望子树下，库姆巴不像莫马尔一样睡觉，而是抚摸着他的头，可能在想象无缺陷的女人的身体。

　　在所有树中，罗望子树的树荫最浓密。阳光很难穿透它的叶子，有时，大白天也能看到星星；事实上，罗望子树是神灵和风常光顾的树，不管是天使还是恶魔，微风还是飓风。

　　晚上，许多疯子在喊叫和唱歌，早晨，他们又头脑清醒地离开他们的村庄和住处。中午，他们从罗望子树下经过。在这儿，他们看到了他们本不应该看到的：另一种生命，他们言语和行为触犯过的神灵。

　　一些发疯的女人在村里哭，笑，叫，唱，因为她们把一锅很热的水倒到地上，烫伤了路过或在他们家休息的神灵。这些神灵在罗望子树的树荫处等她们，并且改变了她们的心智。

　　莫马尔和库姆巴从来没有在行为和言语上冒犯或伤害过神灵，所以他们能够像这样在罗望子树的树荫下休息，不用担心恶魔的来访和报复。

那天，莫马尔在睡觉，库姆巴在他身边缝衣服，她感觉听到从罗望子树上传来叫她名字的声音；她抬头在罗望子树的第一根树枝上看到一个很老的老妇人，她的头发比脱粒的棉花还要白，长长的头发披在肩上。

老妇人问："库姆巴，你好吗？"

库姆巴回答说："挺好的，奶奶！"

老妇人又说："库姆巴，我从各方面对你进行了考察，发现了你的善良和美德。我想帮助你，因为你值得我帮助。星期五月圆时分仙女们将在纳格黏土丘陵上跳舞。地面凉下来时你去丘陵。当达姆鼓的敲打声达到高潮时，聚会会很热闹，跳舞者一个接一个上场，这时，你走过去，对你身边的仙女说：'喂，帮我抱一下我背上的孩子，轮到我跳舞了。'"

幸好每星期五晚上，莫马尔睡在第一个妻子卡利的房里。

当库姆巴走出房间朝黏土丘陵走去时，村子里最后一个睡的人头一觉睡得正酣。

在远处，她就听到了达姆鼓狂乱的咚咚声和鼓掌声。仙女们跳着萨迪爱舞，一个接一个在高兴的聚会人群中打转。库姆巴走近，用掌声附和令人头疼的节奏和轮流跳舞的仙女的疯狂旋转。

一、二、三……十个仙女在旋转，长袍和缠腰带飘舞着……于是，库姆巴示意她左边的仙女看她的背，对她说："喂，替我抱着孩子，轮到我了。"

仙女接过她的肿块，库姆巴跑了。

她跑啊跑，直到跑到家才停下，她进家门时刚好听到第一声公鸡的打鸣声。

仙女赶不上她，因为这时达姆鼓停了，第一声公鸡打鸣声是仙女们离开丘陵回家的信号，直到下一个周五满月她们才回来。


库姆巴没有了肿块。精心梳理的头发散落在她又长又细的脖子上。早上，莫马尔从第一个妻子房里出来时看到了库姆巴，他认为自己在做梦，揉了好几次眼睛，库姆巴告诉莫马尔所发生的一切。

当卡利看到在井里汲水的库姆巴时，她嘴里的唾液变成了怨恨；她双眼充血，张开干燥得像一块黏土在等待初雨、苦得像树根的嘴，但嘴里一句话都说不出，她晕倒在地。莫马尔和库姆巴把她扶起、抬回她的房间。库姆巴照看她，给她喝水，按摩，对她和气地说着话。

当卡利抑制住因嫉妒从肚子升到喉咙的闷气，能重新站起来时，一直陪伴着她的库姆巴向她讲述了自己是怎么去除肿块的，并且指点卡利为去除自己的肿块，应该怎么做。


卡利在焦急地等待好像永远也不会到来的满月的星期五。太阳整天照射着田地，显得一点也不着急回家，夜晚因催促群星升空也迟迟不出家门。

星期五终于来了，一切准备就绪。

那天晚上，卡利没有吃晚饭。她让库姆巴给自己重复好几遍罗望子树上头发像棉花一样白的长发老妇人的建议和指示。她听着上半夜所有的噪声减小和停止，她听着下半夜噪声出现和放大。当地面凉快时，她朝仙女跳舞的黏土丘陵走去。

这是跳舞者比拼灵巧、柔软、耐力的时刻，她们被围成一圈的同伴们的叫喊声、歌唱声和鼓掌声所支持和吸引着，伴着嗡嗡响的达姆鼓加快的节奏，她们也迫不及待地各自展示自己的舞姿。

卡利走过去，像她丈夫第二个妻子建议的那样拍着手，然后，在一、二、三……十个仙女旋转着进入人群，然后气喘吁吁地出来后，她对身旁的仙女说："喂，替我抱着孩子，轮到我了。"

仙女说："不，正好轮到我。给，帮我看管这个有人交给我整整一个月，又没人要回去的孩子。"

说着，仙女把库姆巴交给她的肿块贴在卡利的背上。这时，第一声公鸡打鸣响了，仙女们消失了。长着两个肿块的卡利独自待在黏土丘陵上。

第一个肿块，那么小，使她一生时时刻刻在受苦，现在那儿又多出了一个肿块，巨大的，更大的。这确实是她所不能承受的。

撩起缠腰带，她开始往前奔跑。她跑了几天几夜。她跑得如此远又如此快，以至于到了海边她一跃就投入了大海。

但她并没有完全消失。大海不愿完全淹没她。

驼背卡利的两个肿块突出在维尔特角的角尖上，太阳离开非洲大陆之前最后的阳光就照在这两个肿块上。

卡利的两个肿块变成了乳峰。

# 纳格尔·尼埃贝

　　纳格尔·塞纳是纯种的塞雷雷，黑如炭，是迪亚科的塞雷雷。如果说一生中有一次在大海边掌舵桑戈玛尔的机会，纳格尔·塞纳一定不会往北或往东。所以他从来没有听说过老富拉尼人莫多的不幸。在马西那，很多年前，集会不知不觉进行了一个晚上，直到众人突然听到一个不合时宜的声音。每个人，老人和年轻人，面面相觑，然后盯着他看，莫多站起来，钻进夜色，消失在南方。他日夜不停地走，走了一个月又一个月，穿过了马尔卡地区、邦巴拉的田地、米尼昂卡的村庄和塞内佛起伏的田野。在干季，这些地方像绵延的墓地。他曾经在七年中七次待在森林中——人类光着身子生活的地区。然后，慢慢地，以一个筋疲力尽的老人的步子返回马西那。无尽的思乡情使得这位可怜的人变得异常冷酷。他还是走了一个月又一个月，一天终于到达尼日尔河畔。那天，大量的牲口过河后，水位上涨而且水流湍急。疲惫不堪的牧羊人围着熊熊燃烧的柴捆在闲聊。莫多走近一户人家去烘烘自己冻僵的、不能动弹的四肢，突然听到："我跟你说，并不像这个这般老。""我向你保证还要更老。听好了，我父亲跟我说这是在'屁年'。"

老莫多听到他们的话，转身扎进夜色，在那里，在南方结束了他的垂暮之年。

纳格尔·塞纳从来没有听说过老富拉尼人莫多的不幸。然而，自从他各方考察后，他再也不愿吃芸豆了。

不论以什么方式做的，不管烹调时加了辣花生沙司还是酸模沙司，山羊排骨还是绵羊脖子，牛肉片还是羚羊片，他从不碰尼埃贝，没有一粒芸豆到过他的嘴。

每个人都知道纳格尔是个不吃芸豆的人。这就解释了人们为什么不再用他的名字叫他了。对于所有人，村里所有人，那个地区的人称他为纳格尔·尼埃贝。

看到他总拒绝蹲在装着黑色的成团的食物的葫芦边，他的伙伴们很恼火，一天，伙伴们发誓要让他吃芸豆。

纳戴内是个漂亮女孩，胸部高耸，臀部结实丰满，身体柔软似藤。她是纳格尔·塞纳的女朋友。纳格尔·塞纳的伙伴们来找的就是她，他们对她说："纳戴内，如果你能让纳格尔·塞纳吃尼埃贝，我们将把所有你想要的东西给你：长袍、缠腰带、钱和项链。纳格尔确实开始令我们——他的兄弟们很惊讶，因为他甚至不向我们解释他拒绝吃芸豆的理由。他家没有任何关于芸豆的禁忌。"

答应把缠腰带和首饰给一个年轻漂亮的女人，一个妖艳的女人！为得到这一切，她什么不会做？她的底线是什么呢？让一个人吃一道菜，没有任何传统禁止他吃这道菜，而这个人说爱自己，并且每天晚上向自己证实这一点？可能没有什么比这更容易的了，纳戴内答应了。

让年轻的恋人们兴高采烈后，格里奥、乐师、歌手离开了，整整三个晚上，纳戴内比平时表现得更热情、更温柔。她不睡觉，一刻不停地边唱着甜甜的歌说着温柔的话边替纳格尔按摩、扇扇子，抚摸他。第四天早上，纳格尔问她："纳戴内，亲爱的，你要我为你干什么？"

年轻的女人说："纳格尔大叔，亲爱的，大家都说你不愿吃芸豆，哪怕是你母亲做的。我希望你吃点我亲手做的，仅仅一小撮。如果你确实像你说的那样爱我，你就吃一小撮，我不告诉别人，只有我知道。"

"就这事，你最渴望的？好吧！亲爱的，明天，你让人煮一些芸豆，晚上，我吃，如果你需要这样证明我对你的爱。"

晚上，纳戴内让人煮了一些芸豆，加了花生沙司，在里面放了辣椒、丁香和许多其他香料，以便纳格尔闻不到芸豆的气味也尝不出芸豆的味道。

在纳格尔一觉睡醒后睡第二觉之前，纳戴内抚摸着他的头温柔地叫醒他，给他端上装着美味食物的葫芦。

纳格尔起床，洗了右手，坐在席子上，靠近葫芦，对他的情人说："纳戴内，在迪亚科，是否有这么一个人，她失去了鼻子，为了使她活下来，你愿意把自己的鼻子给她？是否有这么一个人，你的心和她的心是相通的？是否有这么一个朋友，你对她没有任何秘密？是否有这么一个人，你对她真心信任？"

纳戴内说："有呀！"

"是谁？"

"迪奥罗。"

"去把她叫来。"

纳戴内去叫来她的知己，当迪奥罗来的时候，纳格尔问她："迪奥罗，你有闺密吗，在这个世界上，你唯一向她敞开心扉的人？"

迪奥罗说："有呀！那格内。"

"去叫那格内来。"

迪奥罗去找那格内，比姐妹还亲的朋友。当那格内来时，纳格尔问她："那格内，世界上是否有这么个人，你对她无话不说，不会向她隐瞒任何秘密，她对你的心思也一清二楚？"

年轻的女人说："有呀！德勒佳娜。"

德勒佳娜来了，纳格尔得到的答案是，她总把自己的秘密告诉西拉。纳格尔让她去叫来她的密友西拉。西拉来了，并去叫来她一生唯一的知己卡利。卡利离开，并带来自己只与她说最隐秘秘密的人。纳格尔蹲在装着芸豆的葫芦前面，身边围着十二个被当作唯一的闺密叫来的女人。

于是他说："纳戴内，我的姐妹，我永远不会吃芸豆。如果我今天晚上吃了你准备的尼埃贝，明天所有这些女人都会知道，从闺密到闺密，从妻子到丈夫，从丈夫到父母，从父母到邻居，从邻居到同伴，整个村庄，整个地区都会知道。"

晚上，纳格尔·塞纳回到家，想着这是理智的科迪·巴尔玛的第一个大胆的结论："爱女人，但不要信任女人。"

# 凯门鳄妈妈

在所有飞的、走的和游的，生活在地下、水中和空中的动物中，最笨的动物肯定是凯门鳄，他们或在地上爬行，或在水底行走。

阿玛杜·库姆巴说："这不是我的看法，这是猴子格洛的看法。"尽管大家都同意格洛是所有生物中最没有教养的，但他却是所有人的格里奥。一些人认为他说出了最明智的话，其他人也说至少他让人相信他说过这些话。

所以，格洛总对想听他说话的人说凯门鳄是所有动物中最笨的，之所以这样，是因为他们的记忆力是世界上最好的。

大家不知道这是格洛的赞美还是责备，是出于嫉妒还是轻蔑而做出的判断。因为在记忆方面，上帝在分配记忆那天，格洛肯定是迟到了。他尽管非常聪明，但头脑健忘，很快会忘记那些随时捉弄任何人的恶作剧，为此牺牲了两肋和裰毛的屁股。关于凯门鳄的看法，可能是那天格洛的一个家人与凯门鳄的妈妈迪亚西格发生争执时发表的，凯门鳄妈妈肯定是向个子极小又好作弄人的猴子报复时太猛了。

迪亚西格记性极好，她甚至可能有世界上最好的记忆力。她仅在淤泥巢穴或阳光充足的大河的陡峭河岸上看动物、东西和人，还会收集一些短桨，告诉多嘴的鱼、山富达迪雅隆，告诉沐浴在阳光中的大海的消息和新闻，她的一天就这样结束了。她听在河边洗衣服、擦葫芦或汲水的女人们闲谈。她听从北往南来自遥远地方的驴和骆驼的声音，它们暂时放下它们驮着的黍米和树胶在畅饮。鸭子回到沙地经过这儿，鸟儿来向她讲述鸭子发出的嘎嘎声传递的信息。

迪亚西格记性好，格洛尽管对此有些失落，但在内心深处还是承认这一点的。至于说到愚蠢，在肯定迪亚西格极愚蠢这个判断上格洛有些夸张，他像丑角一样撒谎。但在这件事中，最令人伤心的是迪亚西格的孩子们，小凯门鳄开始相信猴子关于他们妈妈的看法，在这一点上，格洛很像聪明而又狡猾的野兔卢克。他的看法像扣在他头上的两只破鞋一样易动摇，那天，为了更好地跑，他脱掉鞋子。此后，鞋子就成了他的耳朵。豺蒂勒不知怎么突然感到害怕，总不停地忽左忽右地跑动，即使在光光的沙滩上，他也总是像格洛，像卢克，像鬣狗布吉一样想。布吉胆怯又爱偷东西，在短粗木棍的接连打击下，他的后腿总是弯曲着。就像鹦鹉迪欧依，圆舌头不停地碰到像钓鱼钩一样的嘴巴，钩住飞往四面八方的闲言碎语。豹赛格由于她的狡猾，可能非常乐意赞同所有这些低级的看法，但因为棍棒的痛打，她总对格洛怀恨在心，格洛给予的这顿痛打打肿了她的鼻尖，每次格洛打她时，她都跳到树梢试图抓住格洛。

所以迪亚西格的孩子们也开始相信格洛说的是实话。他们觉得他们的妈妈有时可能太啰唆了一点。

厌烦了太阳的抚摸，或看累了月亮在大半个夜晚不停地尽情痛饮，厌恶愚蠢的与水流齐速的独木舟在河流上摇荡，迪亚西格让她的子孙后代聚在一起给他们讲故事，讲的是人类的故事，而不是凯门鳄的故事，因为凯门鳄没有故事。可能正是这一点非但没有令可怜的小凯门鳄高兴，相反却惹火了他们。

凯门鳄妈妈让孩子们聚在一起告诉他们自己看到的，她妈妈看到并向她讲述的，以及她外婆向她妈妈讲述的事。

当她对小凯门鳄们谈论加纳的士兵和商人，他们的曾外祖母看到这些人一次次渡河捕获奴隶寻找纳嘎朗的金子时，当她向他们谈论苏芒古胡、苏·迪亚塔·凯伊塔和马里的国王时，当她对他们讲她祖母看到的最初的白人在洗了手臂、脸、脚和手后朝初升的太阳膜拜，谈论教黑人像他们一样对初升的太阳膜拜的白人过河后水的红色时，小凯门鳄们会哈欠连天。河流鲜红的颜色迫使她的祖母渡过塞内加尔的巴梵河和丹吉索河，去众河之王尼日尔的迪焦利巴河，在那里她还看到一些白耳朵的人也从沙漠地区下来。她的祖母在那里还看到了一些战争和尸体；尸体如此之多，以至于凯门鳄家族中最能吃的凯门鳄在七个月里也患了七次消化不良症。在这儿她看到了一些帝国的崛起和灭亡。

当迪亚西格讲述她妈妈看到和听到的——打败牤单国王的古路巴里，活到九十岁，在去世的前一天还打败了摩西的纳戈洛迪亚拉时，小凯门鳄们一个劲地打哈欠。她向他们讲述图库勒的桑巴拉姆，他曾经主宰河流，主宰巴拉克瓦洛，主宰达麦乐、盖尧尔的国王，主宰着摩尔人，这一切使得图库勒的垂钓者如此自大，他们在小凯门鳄头顶歌颂桑巴拉姆荣耀，他们的长钓竿常常打搅小凯门鳄们嬉戏。

当迪亚西格在谈论时，小凯门鳄们打哈欠或梦想着凯门鳄的荣耀，梦想着遥远的河岸，河流从那儿卷来天然的金块和带黄金的沙子，那儿每年都会给凯门鳄们提供一个肉质鲜嫩的达到婚育年龄的处女。

他们梦想着遥远的国度，太阳升起的班固，梦想着凯门鳄能主宰所有的梦想中的那些地方，梦想着一天最聪明的鸟游隼伊比向他们讲述的事。

他们梦想着去广阔的马西那湖，验证小鸭子都古都古对他们说的是否属实，听桨手波佐歌唱，与划独木舟的人索莫诺的歌声相比，这些歌声更像从离他们洞穴很近的地方来洗衣服的乌阿罗女人的歌声。他们的祖先来自南方山地，尼日尔河畔，当时迪亚西格的妈妈正逆河而上。

他们梦想着巴梵河和巴格意，梦想着蓝色的河和白色的河在巴富拉贝汇合形成他们居住的这条河。他们梦想着这些交汇的场所，根据鱼狗讲述的，两条河的水怎么也分不开，两条河长久地保持着自己的颜色。小凯门鳄的梦想：他们本来想同时在两条河的水中游泳，背脊沐浴在灼热的太阳下，一边身子在蓝色的河中，一边身子在白色的河中。

他们常梦想着走与曾外祖母相同的路，梦想着经过巴梵河和丹吉索，从塞内加尔到尼日尔。像他们父母亲的牙齿一样，小凯门鳄的梦想在不断地滋长……他们梦想着凯门鳄们的丰功伟绩，然而凯门鳄妈妈迪亚西格只会给他们讲人类的故事；她只会给他们讲战争，一些人被其他人屠杀……

这就是为什么小凯门鳄准备好接受格洛对于他们妈妈的看法，最喜欢搬弄是非的鸟——小山鹑迪奥格带给他们的看法。

一天早上，乌鸦呱呱叫着高高地从河上飞过：

赤裸的太阳，金色的阳光

拂晓　赤裸的太阳

将金色的波浪拍击河岸

金色的河流


迪亚西格从洞里出来，在河岸的斜坡上看着乌鸦渐渐远去。

中午，其他乌鸦飞得低低地、呱呱叫着尾随而过：


赤裸的太阳，白色的阳光

赤裸的刺眼的太阳

将银色的波浪

洒在白色的河流


迪亚西格抬头看鸟儿远去……

黄昏，其他乌鸦栖息在陡峭的河岸呱呱叫：


赤裸的太阳，红色的阳光

赤裸的红通通的太阳

将鲜红的波浪

洒在红色的河流


迪亚西格迈开大而有节奏的步伐走近，她松软的肚子刮擦着沙子，她询问乌鸦们为什么迁移，他们的歌声又意味着什么。

乌鸦们对她说："波哈安向耶里宣战了。"

迪亚西格非常激动,赶紧回家。

她说:"孩子们,特拉赫扎的埃米尔向乌阿罗宣战了。我们应该远离这里。"

于是最小的凯门鳄儿子问:"妈妈,乌阿罗的乌欧洛夫人和特哈赫扎的摩尔人战斗,他们会对我们凯门鳄做什么?"

凯门鳄妈妈回答道:"我的孩子,殃及池鱼听说过吗?赶紧走吧!"

但小凯门鳄们不愿跟着妈妈。


耶里率领着他的军队,刚渡河踏上河流的北岸,踏上加纳的土地,他就猜出了对手的意图:让自己尽可能远离河流。事实上曾经来到河流向乌阿罗人挑战的摩尔人现在似乎在乌欧洛夫到来前跑了。他们只想在远远的地方,遥远的北方,在沙漠开战,当黑人不再看到使他们所向披靡的河流时,每次战斗前,他们都会浸在河里畅饮。在追赶特哈赫扎前,耶里命令他的士兵在骆驼和驴子驮的羊皮袋里装满水,并且禁止他们在接到命令前触碰。

七天里,乌阿罗的部队追赶着摩尔人;最后判断乌欧洛夫人足够远离河流,一开战就要忍受口渴,波哈安萨鲁莫命令那些士兵停下,战斗开始了。

可怕的战斗持续了七天,在七天里,每个乌欧洛夫人需要选择他的摩尔人对手,每个摩尔人需要与某个黑人战斗。耶里独自一人需要与波哈安及他的五个弟兄厮杀。第一天，他杀了埃米尔。五天里，他每天杀一个波哈安的兄弟。第七天，他在战场上抓住了被士兵弃之不管的波哈安的儿子，这个摩尔王国的继承人右肋受伤。耶里把他带到首都。

所有的隐士和所有的医生都被传唤去救治被俘的王子。但对他慷慨给予的所有救治好像却加重了他的伤势。

一天，乌阿罗博哈克的王宫来了一位非常老的老妇人，她开了一个有效的药方。

这个药方就是：每天三次在伤口上敷上小凯门鳄新鲜的脑浆。

# 不 理 想 的 陪 伴 （一）

　　独自生活，嘲笑别人，嘲笑别人的忧虑和成功。毫无疑问，这是聪明又合理的处世之道。但对闲话、流言蜚语全然不知，这样也可能会给独居者带来麻烦。

　　聪明的变色龙卡卡塔尔在行为上非常谨慎，经常与偏僻荒漠区的居民，甚至村庄的居民来往。他也许知道任何一个人对猴子格洛的看法。他可能了解人类对格洛的看法，动物对格洛的感情。格洛坏心眼，没礼貌，没教养，爱吵架，调皮，爱撒谎，带坏他人，脑子里尽是些捉弄别人的恶作剧。变色龙可能知道为什么格洛的手掌是黑色的，因为不断地去触摸一切；因为挨了太多的打，所以屁股无毛并且通红。野兔卢克可能已对变色龙说过为什么格洛不是一个理想的同伴。豺蒂勒、鬣狗布吉，甚至乌鸦巴科涅可能都告诉过他为什么格洛不常去一个地方。至于蟾蜍姆博泰尔可能向他承认，蟾蜍们从来不把蜥蜴巴格当同伴，因为他到处有同伴。毋庸置疑，猴子格洛的交际圈不适合他变色龙。

但卡卡塔尔不常去和这些地方相同的附近地区，摇摇晃晃地、犹豫地走在路上，如果突然发现自己遇到了危险，他会变成周围环境的色彩：和一棵老猴面包树的树皮，给他当床的枯叶，或他背靠的绿色草丛一样的色彩。

然而，一天，在一条路边，蹦跳着经过的猴子格洛认出了贴在白蚁巢侧面的卡卡塔尔。

格洛用甜美的声音致意："卡卡塔尔叔叔，您安好？"

脾气不像皮肤颜色那样善变，沉默寡言的独居者不得不礼貌作答。因为"你好"不会比"你也好"更美。这个问好谁都该回复，谁都能回复，而回复后自己也不会变穷。此外回复别人的致意嘴唇也不会少层皮。

所以卡卡塔尔不情愿地回答说："还行！"如果他想轻易摆脱格洛，那他真的太不了解格洛了。

好奇的格洛问："叔叔，您如此聪明的腿引领您去哪儿呀？"

卡卡塔尔解释说："我就到附近走走。"猴子靠得如此近，以至于卡卡塔尔开始变成和他搭讪的人一样的褪了毛的颜色。可能因为尾巴都是他们两者的第五只手，有了这一相似性，格洛自以为获得了更多的亲密："那么，叔叔，我陪你走走，我很容易适应你的速度。"

两人于是朝"附近"走去。格洛做了各种尝试，但都是徒劳的。从前几步就为适应同伴摇摆而犹豫的脚步而自我调整。他首先试试同伴的举止，时刻都好像在寻找路上是否有荆棘。他不再坚持了，为了不时地回来与同伴说句话，格洛开始忽左忽右，忽前忽后地小跑。

通往他们说的"附近"的路并不远，但两个同伴的脚步，一个仿佛在热锅上走，一直在蹦跳，另一个好像在一队刺猬上前行，两者的速度算不上快。头顶的太阳炙烤着大地，他们还没走完一半的路。格洛和卡卡塔尔在棕榈树斑驳的树荫处停了下来，棕榈树的高处挂着一把低音古提琴和一个葫芦。

无所不知的格洛说："瞧，纳格尔希望今晚豪饮棕榈酒，但我们得在他之前先润润喉，因为天气实在太热了。"

卡卡塔尔惊愕地说："但这酒不是我们的呀！"

猴子反问道："那又怎样？"

"别人的东西总不能碰吧。"

格洛甚至没有反驳卡卡塔尔的话；他已在棕榈树的高处，取下葫芦，大口大口地喝了起来。当他喝空凉爽的、冒泡的液体后，扔下葫芦，葫芦险些砸到他的同伴。他下了树说："纳格尔的酒确实可口。叔叔，我们继续赶路吧。"

他们再次启程。刚离开棕榈树不远，突然听到身后比他们更坚定、更重的脚步声。是纳格尔在棕榈树下发现了葫芦碎片。不，

听阿玛杜·库姆巴讲故事

因为他有合理的理由推测有人偷喝了他的酒。高处，棕榈树边，弥漫着棕榈酒的气味。当格洛转过身时，他看到了纳格尔。他首先想到的是赶紧逃走，让他的同伴和纳格尔解释；但如果采取这么简单的行为与他高贵的身份不符。所以，赶紧想对策！如果卡卡塔尔向纳格尔解释并揭发自己，格洛就跑。为了将来某一天不至于落入砍棕榈树人之手，当然不能跑太远，也不能跑太久。所以他停下来要求同伴也这样做，卡卡塔尔跑起来也并不费力。正像他们猜测的那样，纳格尔生气地过来："有人偷喝了我的棕榈酒并打碎了葫芦。如果罪魁祸首不是你们中的一个，那你们知道是谁？"

卡卡塔尔不作声，避免揭露同伴。

猴子说："我，我知道罪犯是谁。"

卡卡塔尔转过一只眼睛，看着格洛。

格洛用食指指着卡卡塔尔说："就是他。"

卡卡塔尔呆住了，说："什么！是我？明明是你喝的。"

猴子说："纳格尔，这个撒谎者和我两个人走路，你看清楚，谁走路摇摇晃晃，谁就喝了你的棕榈酒。"

说完，他开始走起路来，稳稳地停下脚步。问："我醉了吗？"接着命令："卡卡塔尔，你说你没醉，你走走看。"

卡卡塔尔往前走，然后摇摇晃晃地停下，像世界上所有变色龙一样。

格洛说："看，纳格尔，醉鬼无处遁形。"

　　纳格尔抓起变色龙卡卡塔尔，猛烈地打他，然后把他扔到地上说："如果说这次我不杀你，你要感谢上帝和你的同伴。"

　　纳格尔朝棕榈树走去，两个同伴继续赶路。将近晚上时，他们到达附近的田地。

　　卡卡塔尔说："我觉得冷，我们在田里生火给我取暖吧。"

　　猴子说："当然不行。"

　　卡卡塔尔肯定地说："我对你说我们要烧毁这片田。"他去找了根燃烧的木头，在田里点起了火。

　　但他才烧了一部分，火就很快蔓延开来。当地人看到熊熊燃烧的烈火，跑过来质问："谁在田里放火？"

　　卡卡塔尔说："我不知道，我看到火才过来的。"

　　猴子惊讶地说："什么？你想暗示是我在田里放了火？"

　　"既然他不愿承认是他干的，那看看我们的手吧！"

　　说完，卡卡塔尔伸出手，他的手掌白而干净。

　　卡卡塔尔命令格洛说："你说你不是纵火者，现在让人看看你的手。"

　　格洛伸出手，像世界上所有猴子的手掌一样，他的手掌黑黑的。

　　卡卡塔尔用胜利者的口吻说："看，纵火者无处可逃。"

　　人们抓住了格洛。格洛当然还记得他所受的惩罚。此后，他再也不与变色龙卡卡塔尔来往了。

# 不理想的陪伴（二）

蟹库普卡拉长着左右摆动的长眼睛，每只手只有两个手指头，在肚子的两边各有四只脚。他白天不出门，当太阳照耀大地时，他生活在透不进光线的黏土做的家里。群星升空的夜晚他才伸出鼻子。蟹更喜欢选择疲劳的月亮委托鬣狗布吉而不是金丝雀康德戴尔·泰松看管星星的夜晚外出。因为蟹知道，布吉会吃掉一大部分星星，那么夜晚就会黑暗一些。然而金丝雀泰松是个有责任心的牧羊人，他保护星群免受包括鬣狗布吉、豹赛格、狮子加安戴、豺蒂勒在内的所有人的伤害，在库普卡拉看来，即使没有月亮韦尔，天空也还是太明亮。

当时蟹的背是圆的，为了能看到后面发生的事，他的眼睛长在两只角的尽头。和地球上所有的人一样，走路时笔直往前，黑夜里受到惊吓时像任何人一样也后退。

夜间外出时，他隐约看到长着狗嘴和翼膜的蝙蝠，只听到夜间动物中最大的巫婆——母猫头鹰的叫声。他不可能在漆黑的路上碰到迈着谨慎的步子且聪明的变色龙卡卡塔尔。变色龙仅在灼热的太阳照耀时才出来闲逛。但对食物的渴望促使卡卡塔尔这个慢条斯理的智者也在星星的微光和月光下冒冒险。一直忙于寻找食物的蟹当然没有注意到他。万一蟹看到了他，卡卡塔尔很可能不会屈尊向他讲述那天在猴子格洛陪同下去"附近"路上所发生的事。即使卡卡塔尔告诉了他这件事，库普卡拉肯定也不会重视，甚至还会嘲笑这件事。蟹认为晚上外出可以学到许多东西，相信比许多仅在白天活动的人知道得更多。

一天当中，大白天找食物就很困难了，大晚上更不可能了，库普卡拉黎明前势必回不了家。为了找些填饱肚子必需的东西，他在继续搜索，这样就遇到了田鼠康迪奥利。

康迪奥利也生活在地下，但他晚上和白天都外出。他走路相当快，人们认为他是因为害怕自己的长尾巴。他走得如此快，甚至没有时间向在路上碰到的人打招呼。更没时间停下来交谈，听闲话，竖起尖耳朵听这个，听那个。每天，在路上，他清楚地看到上帝创造的蟾蜍莫波特、野兔卢克，还有其他一些动物，包括猴子格洛。他从没有与他们中的任何人交谈，也没有从别人那儿收到关于他们之间关系的任何信息。格洛既没有停在罗望子树浓密的树荫下也没有在白蚁巢下向康迪奥利讲述自己那天遇到的事。

这个厚颜无耻的人本来肯定会声称出于仁慈一路陪同缓慢的、犹犹豫豫的、不坚定的卡卡塔尔去"附近地区"。

从一些人的意见和另一些人的闲话中，田鼠康迪奥利可能已吸取了教训，即：在交往方面，最好选择同类或同身份的。尽管知道可以径直去最常去的地方觅食，但田鼠在路上总是太匆忙，不能停下来听任何人说话，也听不到任何人说话。

然而，一天，觅食变得非常困难，田鼠康迪奥利的步子比以往慢了，不那么直接和坚决了。正因这样，在遇到蟹库普卡拉时他停了下来，并非常礼貌地向他致意："蟹叔叔，晚上过得还好吧!"

"还不错。"

就像人们认为的一样，蟹在回复别人问候时并没说实话。但谁都会使用与父亲、祖父一直使用的不一样的礼貌用语。一个有教养的人怎会回答一个担心自己健康的人说自己身体不好呢？这闻所未闻，这在接受相同教育的人之间从不会听到。一个人只要有一点处世之道，在临终前还是会回答"挺好的"。"迪雅玛雷克"指身体好，哪怕身体受七到十种疾病折磨，"迪雅玛雷克"指家里挺好的，哪怕家里没有吃的，妻子们从早吵到晚，从黄昏赌气到拂晓。

无结果的寻找和无用的活动直到那时还没结束。出于习惯，库普卡拉在回答康迪奥利的问候时也没做任何努力。康迪奥利继续问："您众多聪明的脚要带你去哪？"

这个问题尽管正常，并且也是路上碰到的任何一个有礼貌的路人所期望的，但对于蟹却显得很无用，因为他用生硬的语气回答："可能和你的四只脚带你去的是同一条路。在去觅食填饱肚子的路上。"

田鼠对对方不太客气的语气显得一点也不生气，他非常和蔼地建议："好！我们一起去吧！"

蟹缩回又突出眼睛，同意了，他们一同往前。

中午，他们来到一棵棕榈树下，棕榈树总期待上天为自己编织须发。这些须发包裹着果实丰满的巴旦杏仁。

库普卡拉对田鼠说："你攀爬技术一流，牙齿又尖，去摘串杏仁来吃。"

田鼠爬上树，咬住一串杏仁的底部喊道："蟹，接着。"

蟹说："等等，在接杏仁前，我去找一个顶在头上当垫子的东西。"

他离开了。

他去找箭费特，当时箭的鼻子已经削尖，但还没有去铁匠特格家加一段铁，加了铁可以飞得更远、更高。费特有时会在身后戴两片羽毛。

蟹问："费特，如果你看到棕榈树高处的田鼠康迪奥利，你能够到他吗？"

费特好像被类似的问题激怒了，对他能力的怀疑刺伤了他，他回答说："当然，我的父亲弓卡拉肯定会把我送到那里。你瞧好了。"

蟹说："我们等着瞧，我说开始，我们就知道结果了。"

他走到更远处又碰到白蚁马克。马克妈妈非常爱吃枯树。蟹问："如果你看到费特即使没有翅膀也飞得很快。在吞食他们之前，你能为费特和他的父亲做身黏土的长袍吗？"

白蚁妈妈肯定地说："我肯定可以。"

"我说开始，我们就知道结果了。"

蟹继续前行碰到公鸡赛科，他问赛科："赛科，你吵醒所有的人，使得最吓人的蚂蚁梅兰特很害怕，如果你遇到吃枯木的白蚁马克，你不为你的嘴巴担心吗？你敢啄她吗？"

公鸡简单地说："把白蚁指给我看，你瞧好了。"

"当我说'开始'，我们就知道结果了。"蟹说："在这儿等我。"他又去找豺蒂勒。

他说："蒂勒，如果你在路上看到总是如此骄傲的公鸡赛科，他总发出噪声妨碍大家睡觉，你能抓住他吗？"

豺蒂勒说："当然。"

"我说'开始'，我们就知道结果了。"

蟹又去看狗卡迪。"卡迪，你能抓住既走不直也跑不直的豺吗？"

狗回答说："是！是!"

"我说'开始'，我们就知道结果了。跟我走。"

带着狗卡迪，蟹原路返回。在路上他又要求豺蒂勒、白蚁马克和公鸡赛科跟他走，并且带上箭费特和箭的父亲弓卡拉。

田鼠康迪奥利拿着一串棕榈杏仁一直在树上等，当大家都在树下时，蟹库普卡拉说："开始!"

狗卡特抓住了豺蒂勒，蒂勒咬住公鸡赛科，赛科捉住白蚁马克，马克用黏土把弓卡拉围起来，卡拉射出了箭费特，箭射中田鼠康迪奥利，康迪奥利手上的杏仁串掉了，掉在了蟹库普卡拉的身上，此后，蟹的背就扁平了，不再笔直往前走路，而是右脚左脚横着走。

# 不理想的陪伴（三）

蟹库普卡拉生平第一次在大白天外出，就遭此不幸，发誓再也不与长毛的和长羽毛的动物来往。他永远不会夸耀导致他的背永远扁平的不幸。在康迪奥利陪同他走的那天，他对康迪奥利搞了个恶作剧，蟹的恶作剧。这不仅捉弄了康迪奥利，也捉弄了其他人：箭费特，箭的父亲弓卡拉，白蚁马克妈妈，公鸡赛科和豺蒂勒。在这次鲁莽的行动中，只有狗卡迪全身而退。因为上了些年纪，年轻时又挨过几棍，所以狗卡迪在所有动物中表现得最聪明，与任何人交往都不会吃亏，野兔卢克是这样断言的。如果野兔卢克这么断言，人们就可以对此深信不疑了，因为他熟悉与自己打交道的对手。

田鼠康迪奥利、弓卡拉、白蚁马克、公鸡赛科、豺蒂勒也对他们遇到的事只字未提。

他们朝四面八方大声喊了这件事，然而常常歪斜着头竖起耳朵的母鸡加纳尔也没有听到。在迫击炮下寻找分散的谷物是一项非常需要耐心的工作，不能浪费时间听其他的嘈杂声，除了尖肘蝈蝈索蒂埃内特翅膀的窸窣声、无数家庭中蝗虫第耶雷尔的表姐妹孤女索谢特翅膀的窸窣声；不能浪费时间听其他的嘈杂声，除了白蚁马克颌骨咬茅屋顶或围墙稻草的声音"凯特，凯特"。

田鼠发誓不再与长口鼻和善掘地的人交往。箭费特一直就待在父亲弓卡拉的背上，不再替人办事。

假定母鸡加纳尔听到了这件事，然而白蚁马克妈妈肯定没有冒险向加纳尔敞开心扉，因为白蚁马克妈妈对加纳尔不盲目信任，加纳尔会把这事与一粒皮未去净的米混淆，却对此浑然不知。

很明白丈夫职责所在，也非常清楚对妻子应该说什么，应该隐瞒什么的公鸡赛科不至于降低身份对母鸡加纳尔讲述一个故事，而自己在故事中扮演的角色并不高明。

人们认为并不是由于害怕母鸡加纳尔，怀疑也不是出于害怕公鸡赛科，豺蒂勒本就不常去长羽毛的动物常去的地方，这些长羽毛的动物飞得不是很远也不是很高，在地上行走。但公鸡赛科和他的妻子常与偏僻荒漠地区的人们生活在一起，与拿着短粗木棍、长矛，甚至有时拿着喷火的木棍的人在一起。所以豺没有机会向母鸡加纳尔讲述他的不幸。

只有狗卡迪能向母鸡讲述事情的来龙去脉。首先因为他体面地脱身，还获得一些利益；其次因为他常与母鸡加纳尔来往，当然频率上不及公鸡赛科，原因不必说了。他去找她聊天，告诉她村庄的闲话，甚至是偏僻荒漠地区的流言蜚语。因为狗卡迪是动物中的摩尔人，是最守不住秘密的人。

虽说卡迪是最守不住秘密的人，他长着世界上最长的舌头，但他只告诉别人他感兴趣的东西，只把消息告诉那些他喜欢的人。狗卡迪常认为对母鸡加纳尔不值得吐露隐情，因为即使母鸡也是长羽毛的动物，他仍把母鸡看作是最愚蠢的动物。卡迪非常理解村里的妈妈们禁止孩子们吃鸡脑，因为像一葫芦水做成的黏土块似的鸡脑影响智力。狗卡迪理解甚至原谅那些悍妇，讽喻邻居或说些邻居的坏话以发泄满心的怨恨，她们期待着追赶误入家里或厨房的母鸡加纳尔。在这件事上没人犯错，只有母鸡加纳尔自己承受这些辱骂。

母鸡加纳尔之所以傻，是因为她从没征求鸡蛋内那的意见，母鸡从不把鸡蛋视为自己的兄长。

一天，人们想知道到底先有蛋还是先有鸡。科迪·巴尔玛，聪明的科迪给出了答案："先有蛋内那。"因为蛋内那比母鸡加纳尔知道的东西多得多，所以当然先有蛋。世界一出现，蛋内那就知道其他所有一切，除了不知道石子多狄不是自己理想的同伴，否则母鸡加纳尔永远不会出生。在与石子交往前，蛋内那从不忘乎所以，但母鸡加纳尔如期而至。

破壳之后，母鸡长大了。但不论年龄多大，她也找不到去市场的路。只有脑袋朝下，脚被绳子捆着倒挂着，被手拎着或被肩上的木棍扛着去过市场，又从市场回来。然而，不论动物还是人，都去过市场，并且靠着自己的两条腿或四只脚从市场回来。

如果母鸡加纳尔早点向既是她的父亲，又是她的儿子的博学的内那请教，蛋内那肯定已教她许多知识。像选伴侣，应该选年龄相仿的；要成为好宾客，没有什么比有相同大小的右手更好的了。可以在葫芦中掏东西，可以做相同大小的古斯古斯小面团，每个人嘴巴的大小或肚子的大小并不重要。

这个教训是狗卡迪有一天给她的。这是她能记住的唯一的教训，但是不能肯定她能完全记住。

男人们还没从田里回来。女人们在井边忙碌，孩子们在做游戏。三块石头搭成的灶台上，由于烧完了柴火，火萨法拉已经熄灭。当鸡跟在狗卡迪后面走过来时，锅蒂娜已经冷了，锅里装满米饭，上面的饭粒已干，因为所有的油都流到了锅底。

卡迪非常了解这一切，一到就把嘴埋入锅里，享用着饱满、油油的饭粒。她，母鸡加纳尔，只啄上面干巴巴的米粒。

当他们俩都吃饱肚子后，狗卡迪缩回油得像一块黄油一样的嘴，对母鸡说："朋友，你确实有许多东西要学。开吃前，一定要先弄清一道菜下面有什么，然后才能吃。"

此后，母鸡加纳尔在吃东西前都会用爪子扒开上面的东西以便找到所有东西。

# 不理想的陪伴（四）

在父母眼里，蟾蜍莫波特可能还太小。尽管如此，他的父母认为仅仅教他一些最基本的技能也是有用的，这些技能是氏族智慧的组成部分。他们教他不要与只会像奴隶一样为主人跑腿的蜥蜴巴格来往；他们也曾多次建议他当心极善言辞的蛇迪让那，蛇会变成藤的颜色并伪装成藤的形状，即便当他蜕皮，将脱落的长袍留在树杈上，也要躲开。因为他们认为他的耳朵还太脆弱，不能向他讲述由于某个祖先太野心勃勃所犯的错误，这一错误致使祖先们遇到了不幸，在这个不幸中所有的蟾蜍险些丧命。

数月前，水塘里蓄满雨水，继而，水塘在灼热的太阳炙烤下干枯了，这样周而复始不知多少次了。此后，一代代蟾蜍就生活在陆地上了，他们的声音响彻无数个夜晚，后辈们追随着祖先的足迹。（一天）当玛姆·玛玛特·莫波特的曾曾叔祖的曾曾祖父，莫波特祖父母的曾祖父在路上遇到了蛇类的天敌——犀鸟的女儿，并且爱上了她。他向食蛇鹰女儿求婚。食蛇鹰答应把女儿嫁给他。

一天，那只视力降了很多的老犀鸟在慢慢地摇摆着闲逛时，在路上遇到了一只蟾蜍。这只蟾蜍是没有时间呢？或是可能仅仅想跟他打声招呼呢？（因为不应相信所有的蟾蜍一直或变得像现在这么彬彬有礼。）

蹦跳的流浪者也不明白。假如他想去弄明白，老犀鸟也不会给他机会了。尽管老犀鸟看不清他的前方，但他朝蹦跳的东西伸出长脖子，够到蟾蜍后，他合上了嘴巴。蟾蜍像一小团用秋葵的黏稠的汁液充分包裹的小面团缓缓地沿着通往肚子的小路前行。

老犀鸟想："真想不到，我活了这么久，都快寿终正寝了，却没有吃到过这么美味的肉，也不知道蟾蜍的味道。"

他回到村里，向他的格里奥讲了这件事。

格里奥对他说："先生，您，您的孩子们和您的朋友们能否享受美味就全看你了。"

"那怎么办呢？"老食蛇鹰问。

"先生，女婿会拒绝替岳父在田里干一天活吗？"

"我家女婿肯定不会。"

"先生，其他的女婿也不会！所以要求你的女婿来翻田以履行女婿的义务。你的女婿在村里是个好小伙，他肯定会带着朋友和朋友的朋友来。"

事情就是这样，老犀鸟派人告诉他的女婿让他来帮一把，因为播种的季节来了。

为了能在太阳升起前到老犀鸟科尔家，他的女婿带着头顶达姆鼓的格里奥，自己的朋友，朋友的朋友，朋友的朋友的朋友，在科尔·莫波特村里公鸡第一声打鸣后就出发。他们一行人大清早就到了，决心在最短的时间里做大量适当的工作，于是直接去了老犀鸟的田里。达姆鼓嗡嗡响着，它们伴奏的歌声使得干活也舒适了。达姆鼓和歌声吵醒了村里的人，第一个醒的就是老犀鸟的格里奥。他去对老犀鸟说："先生，我确信你的宴会已经准备好了。"

老犀鸟，他的子孙，他的朋友们，朋友们的子孙慢慢地朝田地前行，他们团团围住田地，然后扑向在忙于拔杂草和耕田的勤劳的蟾蜍。格里奥、乐师们和歌手们首先被突然咬住。达姆鼓和歌声停了，很长时间就只听到嘴巴闭上，张开，又闭上的声音。

蹦着，跳着，一瘸一拐，可怜的蟾蜍试图逃命，但最终落入犀鸟黑咕隆咚的肚子里。

他们中只有三只蟾蜍幸免于难，包括玛姆·玛玛特·莫波特曾曾祖父的曾曾祖父，莫波特祖父母的曾祖父。幸存的人向科尔·莫波特讲述了他们伤心又悲惨的鲁莽行动。

氏族的这一故事是青年蟾蜍教育的一个组成部分，但在他们过了少年后才会被告知。这就是为什么蟾蜍莫波特还不知道这件事，因为他的父母亲认为他还太小。

当然，这就是为什么他喜欢与除蜥蜴巴格和蛇迪亚那之外的任何人交谈的原因。和所有遇到的或在干枯支流路上赶路的人交谈。他能在路上遇到许多人，因为所有飞的、爬的、走的动物白天多少有些早，晚上多少有些晚都会到干枯支流来。在路上发现和遇到的人，有的礼貌友好，有的粗鲁、脾气很坏。蟾蜍莫波特和每个人打招呼，和某些人交谈。就这样，一天，和他道别时，蜜蜂伊昂布对他说："莫波特，改天来我家吃饭。"

莫波特不等她邀请第二遍就答应了，因为他听说蜜蜂伊昂布会做世上没有第二个人会做的一道菜。

"如果你愿意，如果你不觉得为难，那就明天吧！"莫波特接受说。

"说定了，明天见！"

所以第二天，从干枯支流回来后，莫波特没有朝父母亲让给他的作为住处的旧金丝雀的荫处走去。他满心欢喜、带着很好的胃口，蹦蹦跳跳朝蜜蜂伊昂布家去了。

他致意说："伊昂布，你还好吧？"

蜜蜂回答说："我挺好的。"

莫波特礼貌地来到伊昂布家，说："我来了。"

蜜蜂伊昂布邀请道："过来！"

蟾蜍莫波特走近那个装满蜂蜜的葫芦，像任何一个有教养的孩子该做的一样，他用左手食指抵住葫芦边缘，右手伸向看起来很可口的饭菜。但蜜蜂伊昂布制止他说："噢，我的朋友，你真的不能用这么脏的手吃饭。所以去洗洗手。"

蟾蜍莫波特快活地朝多涝洼地走去，"托-克洛！托-克洛！"接着又愉快地回来，"托-克洛！托-克洛！"然后坐在葫芦边。蜜蜂伊昂布没有等他就开始吃了。当莫波特想从葫芦里取食物时，蜜蜂对他说："你的手比刚才还要脏！"

蟾蜍莫波特返回去多涝洼地的路上，心情明显没有刚才愉快了，"克洛-托！"然后回到蜜蜂伊昂布家。蜜蜂对他做出了与之前相同的评价。

莫波特以慢得多的步子再去多涝洼地，"克洛-托！托！克洛-托！"当他来来去去七次时，手上还是沾满路上的泥浆，炙热的太阳烤得他大汗淋漓，但装蜂蜜的葫芦空了并已洗净。蟾蜍莫波特终于明白蜜蜂伊昂布在捉弄自己。但他还是礼貌地向主人告辞，他说："伊昂布，祝你愉快！"之后他回到了旧金丝雀的荫处。

过了些日子，在大人和老人的教导下，蟾蜍学到了许多。在去多涝洼地的路上，他还和任何人打招呼，总和某些人交谈，包括蜜蜂伊昂布。一天，他对伊昂布说："伊昂布，改天来我家一起吃饭。"

蜜蜂伊昂布接受了邀请。第三天，她朝蟾蜍莫波特的住处飞去。她想："他还真热情，不记仇。"她停在门槛上致意说："莫波特，你好吗?"

莫波特蹲在装满好东西的葫芦前，回答说："挺好的！进来，我的朋友。"

蜜蜂伊昂布进来，空气中到处是翅膀的嗡嗡声，"夫鲁!""夫鲁!"

蟾蜍说："啊！不！啊！不！伊昂布，我的朋友，我不能边听音乐边吃饭。我请求你把你的达姆鼓留在外面。"

蜜蜂伊昂布出去，然后又回来，但是还是发出更多的"夫鲁""夫鲁"的噪声。

蟾蜍生气地说："我叫你把达姆鼓留在外面。"

蜜蜂伊昂布再次出去又回来，还是发出"夫鲁""夫鲁"的噪声。

当她第七次回来时，旧金丝雀荫处里还到处是翅膀的嗡嗡声。但蟾蜍莫波特已吃完葫芦里的食物，甚至连葫芦都已洗净。

蜜蜂伊昂布敲着达姆鼓回到家。此后，她不再回答蟾蜍莫波特的问候。

# 鬣狗的长矛

在辽阔的费尔罗有一些罕见又深的井，所以在小路上行走不是很安全，但牧羊人马拉尔·布罗则不担心。马拉尔·布罗熟悉《古兰经》的经文，对付信异教的狮子，他有棍子。一个人能允许自己不知道圣经，但这绝不妨碍他成为领头人。专打驴莫邦的棍子比狮子葛安德的长矛更具杀伤力，葛安德的长矛长着红色的眼睛和沙子颜色的皮肤。比起长矛的矛头和枪的子弹，耻辱折磨起人来更慢但更有效。对于荒漠地区的国王还有什么比自己挨棍子，也可能是挨长矛的柄更耻辱的！

所以马拉尔·布罗让人给自己做一把极美的长矛，不是因为狮子葛安德，也不是为了鬣狗布吉。因为在这个被诅咒的地区，土地光秃，井数量稀少且出水量很少，牧羊人的羊群中死了足够多的羊，布吉和她的家人只需跟在羊群扬起的灰尘后面，每天两顿饭就解决了。

做这把长矛是为了自卫和保护自己的羊免受狡猾的豹的伤害。他长着主子的眼睛，拥有奴婢的心肠，步态像女人，皮肤上的花纹模糊不清。

准确地说，也是为了烹饪背在左肩羊皮袋里的干的古斯古斯，当他吃厌了自己养的动物——奶牛或母羊的新鲜冒泡的鲜奶或凝乳、酸奶，就会在古斯古斯里加入一只母鹿腿或一片羚羊肉。

靠在他的长矛上，像游隼伊比斯一样单腿直立，右脚靠在左膝上，牧羊人马拉尔·布罗在遐想。他可能在想来自太阳升起的地方的白人祖先，这些地方直到戴尔米思、度阿特、福达，现今如此光秃的费尔罗当时长满了树和草。他可能在想像炭一样黑的祖先，他们来自更远的地方，能钻到更深的海里。他可能在想到大河里喝水的大群牛羊。他遐想联翩，这时，鬣狗布吉走过来，可能那天路上没有留下任何尸骨可以暴露羊群的足迹，布吉表现得很礼貌，非常得体地向马拉尔·布罗问好，她问道："马拉尔，你为什么单脚站立睡觉呀？你需要这根长棍子支撑吗？你为什么不踏踏实实躺在沙子上睡觉？靠在这张细细的床上睡可能更舒服吧！"

"这不是床，是一支长矛。"

"长矛？什么是长矛呀？它有什么用？"

"杀生！"

"杀什么？既然一切生命，羊、牛和稀树草原的居民都会寿终，为什么还要杀生?"(鬣狗内心深处在想自己这么肯定所有生命都会寿终是否没有提出太多的依据,然而她怀疑这是真的,因为太阳已经显出要下山的样子,自己还饿着肚子。)

一只母鹿经过。马拉尔·布罗射出长矛,击中了母鹿。马拉尔·布罗杀死了牺牲品母鹿,并把她切成块,鬣狗布吉也得到了一份。新鲜的、血淋淋的肉鲜美极了,布吉吃得饱饱的。

所以,这就是长矛的用处吗?

有了长矛,就不需要等待动物在死亡和在太阳下腐烂前过着凄惨的生活、一天天忍受着疾病或衰老的折磨,随时可将其猎杀。不必等到脖子光秃的秃鹫达纳完全擦亮死尸的骨架,轻快的脚步就会把你带到那里享用美味。

布吉问:"马拉尔·布罗,怎样才能得到一支长矛?"

"你只需给铁匠特格一块铁,他就会给你做一支。"

"哪儿可以找到一块铁呢?"

长矛指向太阳升起的地方,马拉尔·布罗说:"在那里,在班古。"

布吉朝着太阳升起的地方出发,去山区和黏土地区寻找采石者抛弃的锅炉。

在路上,她捡到了一只用公羊皮做的羊皮袋。羊皮袋里装着肉干,是将山羊和绵羊转到山里放牧的摩尔人牧羊人或摩尔人的奴隶在紧急逃跑时掉的或更可能是遗弃的。布吉没有猜到羊皮袋里装的东西,因为棉花堵住了羊皮袋的口子。

她终于在遥远的太阳升起的地方找到了已冷却好多个月的旧炉子。她挖啊挖，终于挖出一块铁，启程回去。

起初是轻微地，继而强烈地，肉干的香味刺激着她的鼻孔。她好几次抬起头来闻闻右边，又闻闻左边。这种气味难以消除，四周的肉味将她团团包围。她放下羊皮袋和铁块，跑到右边又跑到左边，向右边张望，又向左边张望，她既没有找到肉也没有找到骨头，回来重新背起东西。

她终于来到铁匠特格家中。

"这是一块铁，用它给我做一支和马拉尔·布罗的长矛一样好的长矛。"

铁匠问："那你给我什么作为酬劳？"

"你的短裤破得不成样子了，这儿正好有一个装满棉花的羊皮袋，你和织工拉博商量着办吧！"

"很好，你坐在风箱旁，把火拉旺。"

鬣狗布吉开始拉风箱，唱着她刚写的歌，她的两只羊皮袋鼓起又瘪了下去，老实说，这歌并没有什么不同。靠着右边的羊皮袋，又靠着左边的羊皮袋，布吉总是说："像马拉尔的长矛一样！像马拉尔的长矛一样！"

铁匠特格不停地打铁，他把做好的长矛递给布吉："给，这是你要的长矛。现在让我看看你的棉花，是否很好很白。"

布吉把羊皮袋给他。在拔出棉花塞子后，铁匠从羊皮袋中掏出肉干。

看到她到处寻找的，一天天压得她直不起腰的意外收获，布吉说："特格，把肉放回原处，我的朋友，我需要与你谈谈。"

肉被放回到公羊皮袋里后，布吉把羊皮袋放在身边，把长矛还给铁匠，对他说："这不是我原来想要的长矛。"

"你原来想要的长矛是怎样的?"

"你可能会做? 我给你描述一下。"

"我很愿意，你需要的长矛是怎样的?"

"我需要一把七个单位（肘到中指端的距离，约0.5m）加三指长的长矛。"

"行!"

"等等! 然后你做的长矛要只有一手长。你把长矛做锋利，简单得一叫名字就会切割，因为我在家乡有许多敌人。但你又要把它弄钝，以免割到人，因为家里的孩子太好动了，当他们拿着锋利的长矛玩时可能割伤自己。"

铁匠特格说："这样的长矛，我做不了! 你要求我做既长又短的长矛。你又想长矛既锋利又钝。你为什么不要求上天同时既是黑夜又是白天。"

"这样啊，既然你不能按我的要求做，我拿回我的羊皮袋。"

布吉带走了她的肉干。

此后，人们要求难相处或不讲诚信的人不要索要鬣狗的长矛。

# 一个跑腿的差使

当母鸡独自在迫击炮脚下时，她只用一只爪子在刨食。

她想因为她有宽裕的时间找谷粒。

当然，邦达并不是莫巴达纳唯一的母鸡，但只要她露面，最漂亮的年轻母鸡们也显得很逊色。在村里所有母鸡中，邦达是最漂亮的，但她远不会像人们可能料想的那样苛刻，其实她只要求找个丈夫。过了十六岁了，还没有配偶，她担心自己变老。至于追求者，她并不缺：朋友的兄弟们或父亲。每天，其他村庄的年轻人和老人都会派带着礼物和赞美的话的格里奥和迪亚里来向她求婚。

如果只是由邦达自己来决定，她的背上肯定已经有一个乖巧的或性格尖酸刻薄爱哭的孩子了。但婚姻就像在任何一件事之上的大事，年轻的女孩只有一个意愿，那就是她父亲的意愿。她该嫁给谁该由她的父亲决定：一个王子，一个富裕的迪乌拉人，还是一个在太阳下在田里流汗劳作的普通的巴多罗。由她的父亲决定是否将她作为恩惠送给一个有权有巫术的伊斯兰教徒还是一个很卑微的伊斯兰教门徒。

然而，邦达的父亲莫尔既不要求富人大笔的彩礼，也不要求巴多罗微薄的财产，更没想过为了确保自己在天堂的位置把女儿嫁给有巫术的伊斯兰教徒或他的门徒。

莫尔非常简单地对所有为他们自己，为他们的主人，为他们的儿子或兄弟来向他提亲的人说："我嫁邦达既不要彩礼也不要礼物，但求婚的人要杀一头牛，让鬣狗来给我送肉，鬣狗到我家时，牛身上的肉要一块都不缺。"

把肉交给鬣狗，即使是肉干，怎么可能避免她不碰呢？

这简直比让长着红耳朵的摩尔人纳尔保守秘密还困难。这比把一个装着蜂蜜的葫芦交给一个孩子，又不让孩子把小手指伸进葫芦还困难。这和试图阻止太阳早晨升起和傍晚落下一样困难。这和禁止干渴的沙子吞噬第一场雨的前几滴一样困难。

把肉交给鬣狗布吉？就像把一大块黄油交给熊熊燃烧的烈火。怎样才能把肉交给布吉又不让她碰？

"这是不可能的。"来为主人向美丽的邦达求婚的格里奥、为儿子向美丽的邦达求婚的妈妈、为自己向美丽的邦达求婚的老人回家时想。

在离莫巴达纳走路需要一天行程的地方有一个叫作纳迪乌尔的村庄。

纳迪乌尔的居民是一些不平凡的人。从纳迪亚迪亚那·纳迪亚耶起，从那时的晚上起，他们认为他们是能应付鬣狗的诡计的唯一的男人和女人，他们与鬣狗们生活得非常融洽。确实纳迪乌尔的居民曾经做了，并且现在还在做着更大的努力。每周五，他们都会给鬣狗和她的部落杀一头公牛。

在纳迪乌尔的年轻人中，比拉那在战斗中和田间表现得最出色，长得也是最清秀的。当他的格里奥把受拒绝的礼物带回并告诉他邦达的父亲莫尔的条件时，他想："邦达只能是我的妻子。"

他杀了一头牛。让人烘干牛肉，放在公山羊羊皮袋里。羊皮袋外包上厚实的棉花袋，棉花袋外再套上一只稻草做的长靴子。

星期五，当布吉带着她的家人来品尝纳迪乌尔人给的施舍时，比拉那找来布吉对她说："我的格里奥还不及一个孩子聪明，和牛一样笨，退回我送给莫巴达纳的莫尔的女儿邦达的漂亮礼物。你，是有大智慧的人，说的话像蜜一样甜，我肯定如果你把这只普通的稻草靴子带到莫巴达纳的莫尔家，只要对他说'比拉那向你的女儿求婚'，他就会同意。"

"比拉那，我已经老了，并且腰也没力了。但我的长子莫巴尔精力充沛并且得到了我的一些真传。就让他替你去莫巴达纳，我确信他会很好地完成使命的。"

莫巴尔腰上捆着稻草靴子大早上就出发了。

露水打湿了稻草靴，肉干怡人的香味开始弥漫在空气中。鬣狗莫巴尔停下来，扬起鼻子，闻闻右边，又闻闻左边，然后继续赶路，但明显走得没有先前急了。肉味变得更浓了，鬣狗又停了下来，翘着嘴唇，鼻子对着右边，左边，上面，下面，四处闻嗅。

他继续赶路，此后，他优柔寡断起来，就像从四周飘来的浓重味道随时就让他停住了脚步。

被肉味吸引得实在不行了，莫巴尔离开从纳迪乌尔到莫巴达纳的路，在稀树草原上改变了无数次方向，右边找找，左边找找，又半途折回，花了漫长的三天而不是一天才到达莫巴达纳。

确实，莫巴尔走进莫尔家时，脾气并不好。他并没有来请求帮忙的信使该有的讨人喜欢的脸色。这股弥漫在偏僻荒漠的草丛里、所有的灌木丛里，甚至是莫巴达纳的家里、院子里的肉香让他忘记了在去纳迪乌尔的路上，老布吉反复向他灌输的所有智慧，肉香使他说不出人人期待的恳求者的令人愉快的话。莫巴尔刚开口说"您还好吧！"几乎没人听到他的问候，他扔掉压得他直不起腰的稻草靴子，带着极不愉快的声音对莫尔说："纳迪乌尔的比拉那给你送了这只稻草靴子，要求你把女儿嫁给他。"

在鬣狗莫巴尔起先是惊讶，接着是愤怒，继而非常贪婪地注视下，莫尔切开稻草靴子的藤，解开稻草靴子，拿出厚实的棉花袋子，从厚实的棉花袋子中取出公山羊皮的羊皮袋子，从公山羊羊皮袋里取出一些干肉块。

莫尔于是对莫巴尔说："去吧！"当看到自己扛在腰间三天都没注意到的，放在那里甚至都没有碰一下的肉时，莫巴尔险些当场气死（因为莫巴达纳人不是纳迪乌尔人，在莫巴达纳任何角落都放着长矛）。莫尔说："去，去告诉比拉那我把女儿嫁给他。告诉他，他不仅是所有纳迪乌尔年轻人中最英勇、最强壮的，而且是最聪明的。"

"他能够把肉交给鬣狗你，他也会挫败所有的阴谋保护好他的妻子。"

但是鬣狗莫巴尔肯定没有听到莫尔最后的话，没有听到莫尔对交给自己任务的那个人的如此高的评价。他已经出了莫尔家，已经出了村庄，因为他记得在来莫巴达纳时的遥远又弯曲的路上，看到过不知道多少只稻草靴子。

事实上，在莫巴达纳的前几片田里，他就找到了一些稻草靴子。他解开靴子的捆扎物，翻找、散开靴子，但没有找到像肉或甚至骨头之类的东西。他往右跑，往左跑，到处张望、搜寻、散开在田里找到的所有稻草靴，这样，回到纳迪乌尔村他还是用了三天。

当看到莫巴尔汗淋淋、气喘吁吁地回来时，比拉那问他："怎么，莫巴尔，你没有完成我交给你的任务？六天里你都干了些什么，然而，事实上往返莫巴达纳你甚至两天都不需要。"

莫巴尔生硬地说："我在路上干了什么与你无关。你只需知道，莫尔同意把女儿嫁给你了，你开心了。"

没有等比拉那可能对他表示的慷慨感谢，鬣狗莫巴尔就去其他稻草靴中搜寻起来。

此后，鬣狗们不再为世界上任何人跑腿了。

# 报　应

　　睡醒后，凯门鳄迪亚西格松软的肚子擦着沙子朝马里戈回去，一整天太阳都火辣辣的，突然他听到汲水、擦葫芦、洗衣服回来的女人们在说话。这些女人在短时间内说的肯定比做的多，她们说啊说，一直说。她们哀叹着说公主掉到河里淹死了，说很可能，甚至肯定（一个奴隶证实了这一事实）天一亮，国王布尔会马上让人抽干多涝洼地的水找回爱女的尸体。迪亚西格的洞位于村子那边洼地的侧面，他半途折回，在浓重的夜色中朝内陆去了。第二天，国王确实让人抽干了洼地的水，此外还杀死了所有住在那里的凯门鳄。在最老的凯门鳄的洞穴里，找到了公主的尸体。

　　中午，去拾捡枯柴的一个孩子在丛林灌木区发现了凯门鳄迪亚西格。

　　孩子问："你在这里干什么呀？"

凯门鳄回答说："我迷路了，你能把我送回家吗？"

孩子对他说："已经没有洼地了。"

凯门鳄迪亚西格要求说："那就把我送到河里。"

孩子戈内去找来一片席状编织物和一些藤，他把迪亚西格裹进编织物，用一些藤把编织物捆起来，然后把编织物卷顶在头上，一直走到傍晚才到河边。一到河边，他就放下重重的编织物卷，解开藤，摊开编织物。迪亚西格对他说："戈内，因为长途奔波，我的四肢完全麻木了。你能把我放到水里吗？求你了。"

孩子戈内走进齐膝的水里，正要放下迪亚西格，后者又要求他："去齐腰高的水里吧，因为在这里我不能很好地游动。"

戈内照他的话做了，一直往河里走，直到整个腰部浸到水里。

凯门鳄祈求说："去水位漫过你胸部的地方吧。"

孩子一直走到水位漫过胸部的地方。

"现在，你可以去水漫过肩膀的地方了。"

戈内一直走到水漫过他的肩膀的地方，迪亚西格对他说："现在，把我放下吧。"

戈内照做了，他正要返回岸上，突然凯门鳄一把抓住了他的手臂。

孩子喊："妈呀！这是干什么？松开我。"

"我不会松开你的，戈内，因为我很饿了。"

"松开我。"

"我不会松开你的，我已经两天没吃饭了，我太饿了。"

"告诉我，迪亚西格，善有恶报还是善有善报。"

"善有恶报，而不是善有善报。"

"现在，我，听凭你处置，但善有恶报不是真的，你肯定是世上唯一一个赞成这一观点的人。"

"啊！你这么认为?"

"好吧！我们问问其他人，我们马上能知道他们会说些什么。"

迪亚西格同意了，"行，但如果有三个人赞成我的看法，我保证要吃了你"。

他威胁的话音刚落，就有一只老的，很老的奶牛来喝水。她喝完水后，凯门鳄叫住她，问道："纳格，你如此年长，又有大智慧，你能跟我们说说善有善报还是善有恶报?"

纳格宣布说："善有恶报，相信我，我说这话是有根据的。我年轻的时候身强力壮，精力充沛，当我从牧场回来时，主人总给我吃一些糠和一块盐，还有黍米，给我又洗又擦的。如果小牧羊人布罗偶尔用棍打我，他肯定会挨他主人打。那时，我产许多奶，我的主人所有的奶牛和公牛都有我的血统。现在，我老了，产不了奶也生不了小牛了，于是人们就不再管我，不再带我去牧场。黎明时分，一通棍棒把我从围栏赶出去，让我独自去觅食，所以我说善有恶报。"

凯门鳄迪亚西格问："戈内，你听到了吗？"

孩子说："是的，我听得很清楚。"

奶牛纳格扭动她瘦骨嶙峋的如刀片般锋利的屁股，摆动被壁虱咬成深褐色的尾巴朝着荒漠区贫瘠的草地走去。

继而来的是既老又骨瘦如柴的老马法斯。喝水前正要用颤巍巍的嘴唇掠掠水，突然凯门鳄向他招呼说："法斯，你有阅历又有智慧，你能跟我们——我和这个孩子，说说善有善报还是善有恶报？"

老马肯定地说："确实，我能够回答：善有恶报。对此我深有体会，你们两个听我说。我年轻时热情、精力充沛，我一个人就有三个饲养员，早晚我的饲料槽里都装满了黍米，一天之中随时有蜂蜜拌水喝。每天早上有人带我去洗澡，给我擦身子。我有一条缰绳和一个马鞍，是摩尔人鞋匠给我做好珠宝商给我装饰的。我总去战场，我的主人在战争中俘获的五百个战俘跟在我后面。九岁时，我驮着我的主人和战利品。现在我老了，他们为我做的是一到早上，就给我套上绊索，一顿棍棒，把我赶到荒漠地区去觅食。"

说完，马法斯拨开水中的泡沫，痛饮起来，然后在绊索的牵绊下蹒跚地、跌跌撞撞地走了。

凯门鳄问："戈内，你听到了吗？现在，我很饿了，我要吃你。"

孩子说:"不,迪亚西格叔叔,你自己说的,你要问三个人。如果再来的人说的话和前两个一样,你就可以吃我,但在这之前不行。"

凯门鳄同意了:"说好了,但我告诉你,我们不会等太久的。"

接着后腿蹦跳着跑来的是野兔卢克,迪亚西格叫住他:"卢克叔叔,你是最有阅历的,你能告诉我们,我们中谁说的是真话?我认为善有恶报,然而这个孩子则认为善有善报。"

卢克摸摸下巴,挠挠耳朵,现在轮到他发问了:"迪亚西格,我的朋友,你会要求瞎子告诉你棉花是不是白的,乌鸦是不是很黑吗?"

凯门鳄否认说:"肯定不会。"

"你都不认识孩子的父母亲,那你能告诉我孩子去哪了吗?"

"肯定不能。"

"那么,跟我解释一下所发生的事,我可能可以回答你的问题,而不至于搞错。"

"好吧,卢克叔叔,事情是这样的:这个孩子在内陆发现了我,他用编织物把我裹起来,带到了这里。现在,我饿了,迫切需要吃些东西,我并不想死。让他走而去追赶不确定的猎物应该很傻吧!"

卢克承认说:"这是毫无疑问的,如果听了假话,耳朵应该很灵,我的耳朵,我一直认为是很灵的,感谢上苍,但迪亚西格兄弟，你的一句话让我感到耳朵不那么灵了。"

凯门鳄问："哪句话?"

"你说这个小孩用编织物裹着你，一直把你带到这里。就这句话，我不能相信。"

孩子戈内肯定地说："然而，确实是这样。"

野兔说："像你的同类一样，戈内你也是个撒谎者。"

迪亚西格证实说："他说的是真话。"

卢克怀疑说："只有看到，我才会相信。你们两个从水里出来。"

孩子和凯门鳄从水里出来。

"你声称用编织物把这只大凯门鳄带到这来? 你怎么做的?"

"我把他裹在里面，把编织物用绳捆起来。"

"好吧，我看看你怎么做的。"

凯门鳄躺在编织物上，孩子把他裹起来。

"你说，你把编织物捆起来的?"

"是!"

"把它捆起来看看!"

孩子牢牢地把编织物捆起来。

"你把他顶在头上的?"

"是的，我把他顶在头上。"

"把他顶在头上让我看看。"

当孩子抬起席子和凯门鳄，放在头顶上后，野兔卢克问他："戈内，你父母亲是铁匠吗?"

"不是!"

"所以迪亚西格不是你的亲戚? 不是你的图腾?"

"不是，完全不是。"

"所以把你扛的东西扛回家，你的父亲、母亲、亲戚，他们的朋友都会感谢你的，因为你们可以在家里吃了他。这就是那些忘记善有善报的人的报应。"

# 野兔的诡计

　　黄鼠狼、田鼠、麝猫、棕榈鼠以及其他善掘地的动物，他们对于那天一大早相继接待野兔卢克的来访一点也不感到惊讶。这个长耳朵的小个子低声对每个人说完后就轻快地朝更远的邻居家跑去了。

　　太阳猛烈地照射着，卢克后腿蹦跳着回到灌木的树荫处等待白天的结束。

　　当这群长脸的动物一个紧挨一个排着队走近人类居住的村庄时，夜幕降临了，然而，他们的祖先中不止一个为了一个鸡翅、几粒黍米和其他一些不起眼的赃物而在这儿留下遗骸。因为村里的孩子们像猴子格洛一样敏捷，像母鹿莫比尔一样迅速，时刻灵巧地挥舞着短木棍和长矛。

　　麝猫、黄鼠狼、田鼠、棕榈鼠以及其他善掘地的动物穿过黍米田和花生田，靠近纳迪乌姆村庄，那天晚上，他们的祖父们所受的致命挨打的回忆在记忆中消逝了，取而代之的是野兔卢克答应他们的财富和赃物的形象——黍米、鸡、花生、木薯甚至蜂蜜，卢克对他们说国王把这些东西堆在一个没有出口的地窖里，地窖就建在村子中央。

然而，卢克告诉他们这一切时，非常清楚自己说的一半多的话是谎话，或准确地说他忘记了一个很小的细节。而且他一直知道地窖里藏的东西，但他故意不说，这还是鹦鹉迪奥伊告诉他的。鹦鹉撞见国王布尔和谋臣的集会，集会就在无出口的地窖这个建筑前面。要到达地窖只有通过从周边一直挖掘到村庄腹地，为了让地窖受七重防卫，那里七个宽度范围内的房子都被拆毁了。

国王布尔从小受溺爱，只会耍性子，他决定把他最小的女儿昂达关进一个没有出口的地窖里，为的是想看看从来不同男人来往的女人是否会有孩子。

迪奥伊听到了国王的命令，仅仅出于传播消息的乐趣，他无意而又简单地重复了国王的命令。因为卢克是他从集会树飞下来时碰到的第一个人，所以卢克自然第一个获得这一消息。然而卢克是个一生既不尊重父亲也不尊重母亲的家伙，所以想捉弄一下国王布尔。他通过欺骗的手段利用这些长嘴的动物。

挖了整整一夜后，老鼠、棕榈鼠、麝猫、黄鼠狼和其他善挖掘的动物挖通了无出口的地窖。但当他们看到野兔答应的财富由一个年轻女孩看管着时，他们都四处逃窜了。他们又想起了他们的祖先曾经遇到的不幸。他们立即想到在纳尼乌姆，女孩使用起木棍和长矛来像男孩一样灵巧。他们逃回到偏僻荒漠区，互相约定要报复藏在地道入口不远处看他们逃走的野兔。当他们都跑得不见踪影后，卢克沿着他们挖通的路找到昂达。他对女孩说："你的父亲布尔自以为比世上任何人都聪明，但我将教他更多他不知道的东西。他认为可以阻止你有丈夫，你愿意接受我吗？"

昂达问："你是谁？你怎么称呼？"

"我叫马纳（是我）。你接受我给你当丈夫吗？"

年轻女孩说："好呀！"

卢克从同一条路每天回来陪伴公主，一天，她终于怀孕了。九个月后生下一个男孩。

三年过去了，虽然不像以前那么频繁，但卢克还是经常来看望他的家人，来跟孩子玩。

一天，布尔的摩尔人纳尔大清早边背诵《古兰经》中的诗句，边在七重围墙附近散步，这时，纳尔认为他听到了孩子的叫声。他惊慌失措地朝王宫跑去以至于跑得拖鞋都丢了，到了王宫后，他说："布尔，真的，以上帝的名义，我认为在无出口的地窖里听到了一些叫声。"

国王派了一个奴隶穿过七重防卫贴着无出口的地窖听。

他回来说："是孩子的叫声。"

布尔愤怒地说："处死这个狗杂种，把他的尸体扔给秃鹫吃。"

然后国王杀了那个奴隶。

另一个奴隶去听，回来肯定地说就是孩子在叫。

国王命令杀死这个傲慢的孩子，第二个奴隶也被处死了。像这样其他三个信使回来都说听到的就是孩子的声音。

国王说："这不可能。谁能进入这么封闭的地窖？"

穿过七道防卫开出一条通道后，国王又派出一个老人。老人回来说："是的！我确实听到叫喊声，但我说不清是昂达还是孩子在叫喊。"

国王命令："拆毁这个地窖，我们就清楚了。"

他果真那样做了，于是人们看到了昂达和她的儿子。

国王问："谁让你怀上孩子的？"

昂达回答说："马纳（是我）。"

"怎么会是你呢？（他问男孩）你，你的父亲是谁？"

小男孩说："马纳（是我）。"

父王和皇祖父对这一切不明白了：女儿一个人生了个孩子！孩子这边却声称自己是父亲。

布尔说："召集老臣们听听他们的意见。召集所有在这个国家生活和行走的一切生物。"

星期五，当所有的动物和人被召集在一起时，布尔给了昂达的儿子三个可乐果，对他说："去把这个可乐果交给你的父亲。"

孩子去了，盯着人和动物看，犹豫着，停下又离开。当他靠近野兔卢克时，卢克开始疯狂搔痒，蹦跳，抱怨说："这儿有太多的蚂蚁和白蚁。"借机换了位置，孩子于是继续寻找。

每次看到孩子走近他，他总说："这么多白蚁。"然后一跳，跑到更远的比他块头大的动物身后。

然而，国王随从中的一个老人识破了卢克的诡计。

他说："野兔怎么总抱怨蚂蚁和白蚁，不断换位置？"

国王命令："让他待在原地。"

随从于是在三张席子上又堆了七条缠腰带，一张绵羊皮。

一个格里奥说："卢克兄弟，坐这儿吧，你不需要再害怕蚂蚁和白蚁了。"

长耳兔子不得不待在柔软的床上，不再换位置，不再躲藏，不再避开孩子，孩子最后过来递给他三个可乐果。

一直很生气的布尔说："啊！是你？是你让他们叫你马纳（是我）？你是怎么到我女儿身边的？"

"是黄鼠狼、田鼠、棕榈鼠、麝猫和其他人，他们、他们的兄弟和他们的堂兄弟为我挖了一条地下通道。"

"行！我要杀了你。你们都走吧。"布尔对在场的人和动物们说。他的愤怒令他们颤抖，"我要杀了你，卢克！"

卢克说："你不能杀你外孙的父亲。"

"想留住你的头，你能给我什么？"

"布尔，只要你想要的。"

国王命令道："行！六个月里你给我带来一张豹皮、两根象牙、一张狮子皮和长胡子的淘气的捣蛋鬼古斯的头发。"

国王的老臣们想："他会怎么做呢？"

卢克后腿蹦跳着离开了，啪啪摇着像富拉尼人女人的拖鞋一样的长耳朵。

他在河边找到豹赛格，于是问他："叔叔，为什么你穿着这么脏、满是污点的衣服待在这儿，你为什么不去河里游泳？"

豹回答说："因为我不知道我是否会游泳。"

"好，把你的衣服脱下来，叔叔，我帮你把它洗洗，你待在这个洞里不要着凉。"

赛格脱下他的衣服，躲在洞里。这时，卢克在河边，浸湿赛格的衣服后，在衣服上涂上辣椒，然后说："叔叔，穿上你的衣服，要下雨了。"

天气确实很吓人。豹赛格拿起衣服，但他的左脚刚从后面伸进去，就迅速地抽了出来。他的脚发烫，就像放在熊熊的火上烤一样。

"卢克！卢克！好烫！我的皮肤好像烧伤了！"

卢克说："可能是河水吧。村庄上游的河岸种的都是烟草。让皮肤透透气，雨水会冲洗皮肤。

当豹回到洞里时，卢克很快把他的衣服藏到矮树丛里，回来问道："赛格叔叔，你拿回你的衣服了吗？"

豹回答说："当然没有！"

野兔解释说："它不在这里呀！可能掉到河里被河水冲走了。"然后他就逃走了。

一大早，当大象尼艾耶和他的一家老小迈着沉重的步伐，睡眼惺忪地来喝水，卢克已守候在多涝洼地了。

卢克带着悲伤的神情说："上帝，上帝今天禁止在多涝洼地喝水。"

长鼻子小眼睛的老象问："怎么办呢？给我们一点建议吧，卢克，你是前辈。"

"我们上去乞求上帝的宽恕，可能他会让步。"

"怎么做才能到他身边？"

卢克叫来不远处略微蹒跚的蟾蜍莫波特和竖起嘴尖的乌龟妈妈莫博纳特。他把莫博纳特翻身放在莫波特黏黏的背上，让象群中最小的一头象爬上乌龟妈妈的肚子，在小象背上站上一头稍年长的。年幼一些的象背上站着稍年长的象，依此类推……当老象首领攀爬上去时，几乎碰到了天空。突然卢克踢了乌龟一脚，"扑洛，扑洛"，脚碰到鼻子，鼻子碰到牙，在一片混乱中，大象们摔倒了。起来后，他们忙于拾捡折断的象牙。

卢克对他们说："不要浪费时间捡象牙了，你们回头再捡，仁慈的上帝允许你们喝水了，赶紧喝水去。"

喝了很长时间的水，又争先恐后地往自己身上洒水，当他们回来时，发现少了两根最美的象牙。

卢克对象牙的主人说："别找了，是仁慈的上帝拿走了象牙，作为交换允许你们喝水。"

将近中午，卢克在罗望子树的树荫处找到了长胡子的淘气的捣蛋鬼古斯，他在有他两倍高的木棍旁休息，在他聚宝盆似的葫芦里装着别人问他要的所有东西。

卢克说："古斯叔叔，你为什么让你的头发和胡子长出来？这样使你看起来多丑呀！"

长胡子的淘气的捣蛋鬼古斯解释："我不会刮胡子，我也没有刀。"

野兔说："我有一把很好的刀，叔叔，如果你愿意，我帮你刮。"

当他刮完后说："我走的时候把所有这些都扔掉。你继续休息，太阳下非常热。"

卢克后腿蹦跳着离开了，长胡子的淘气的捣蛋鬼古斯的胡子和头发被装进了他的小袋里。


狮子葛安德在河岸，用既恼怒又羡慕的眼神看对岸的母鹿和羚羊嬉戏、吃、蹦跳、打滚，他们好像在蔑视他。卢克突然蹦跳着到来，问他："你能抓住任何一个傲慢的孩子惩罚一下吗？这是他活该，我的叔叔。"

"我一点也不想弄湿我的衣服。"

"把衣服脱了吧，我在这儿帮你看着。你追赶回来后再把它穿上。"

狮子脱了衣服，游到河对岸去了。卢克拿到了狮子的衣服去藏了起来。他藏完衣服回来，浇湿了葛安德放衣服的地方，用浸在水里的后腿挖了一道直通到河的沟，然后拼尽全力喊："狮子叔叔，叔叔！快回来；水把你的衣服冲走了。"他跳到水里。当狮子回来时，他对他说："我潜入水中了，但我什么都没找到，可能要等水退了。"

他后腿蹦跳着离开了。

当卢克带着用来赎回自己脑袋的东西出现在王宫时，三个月还没到。

国王的随从在想："他是怎么做到的？"

布尔问："你怎么拿到所有这些东西的？"

野兔回答说："召集所有人，你就会知道的。"

长胡子的淘气的捣蛋鬼古斯没来参会，因为在洼地的死水里看到自己没有了胡子，头颅上没有头发尤其像猴子格洛的光屁股，这一形象显得非常丑。然而古斯从偏僻荒漠地区的客人那儿得知自己对卢克的愤怒并不逊于大象尼艾耶、豹赛格和狮子葛安德对卢克的愤怒，他们都参加了国王的会议。他们都讲述了野兔怎么愚弄他们并脱去他们的衣服。

每个人都在说："还是这个卢克！怎么着，这个卢克！"

猴子格洛说:"和我一样,勇气可嘉,和我一样。虽然屁股没毛了,但与他的处境相比我还是更喜欢我的处境。"

一个老人建议:"从现在起一段时间内,不要去偏僻荒漠地带,最好不要太冒险。"

当大家打算找卢克时,他已走远,没有告辞就离开了。

在一条废弃的小路上,他找来一张一大部分没毛的、千疮百孔的、被像白蚁一样蠕动的小虫啃噬的母鹿皮,他把自己打扮得怪里怪气的。一瘸一拐的,斜着脑袋。他遇到了鬣狗布吉,布吉同情地问:"可怜的母鹿,你遇到什么事了?"

假母鹿说:"哎呀!我刚刚在多涝洼地与野兔卢克争论。他用左脚踢我并说:'这次只是左脚,因为我不想弄死你,但你仍然要记住我。'马上,我就像你现在看到的这样了。"

布吉把母鹿莫比勒的不幸遭遇告诉了猴子格洛。格洛把这个故事到处宣讲。整个偏僻荒漠地区的人都知道了。

卢克一直生活得自由自在,甚至还有点让人敬畏。

# 小丈夫

　　那时，在里佩纳听不到大海的声音，渔夫们拂晓出发深夜回来或黄昏出发第二天中午返回。沙子白又细，沙滩开阔极了，骑马的人快速骑行到海边给马洗澡然后返回村庄也要花费半天时间。河流没有改道朝南流，它在北方汇入大海。田野从村庄开始朝东延伸，田野的后面是大片的丛林灌木区，猛兽在林间出没，所有的人都从事农耕活动，但除了田里的劳动外，一些人去垂钓，另一些人去打猎。桑巴是狩猎队的一员。

　　一天晚上，桑巴没有回来，第二天，第三天，他永远没有回来。人们在丛林灌木区只找到了他已经发白的骨头。狮子杀了他，秃鹫、鬣狗、蚂蚁相继吃光他的尸首。

　　桑巴留下两个孩子：儿子纳迪永戛纳和女儿卡丽。

　　只要孩子有母亲，任何痛苦对他来说可能都不会很残忍。纳迪永戛纳和卡丽在父亲活着时就不常见到他，所以他们的习惯并没有改变。卡丽总不离母亲左右，她的兄弟和村里的男孩一起在田里或集会树下，到饭点才回家，大部分时间还要去叫他，这是卡丽的任务。

桑巴的寡妇库姆巴常常哭，一天，卡丽问她："妈妈，为什么你总像这样一直哭？"

"因为家里没有男人了。"

"但是，妈妈，纳迪永戛纳就是男人。"

"哦！他还太小！"

"好！他将是我们的小丈夫。"

从那天起，卡丽只叫她的兄弟为"小丈夫"。

当她到集会树下、井边或田里叫他时，总会说："小丈夫，妈妈叫你。"

起先纳迪永戛纳啥也不说，但每次他的姐妹叫他"小丈夫"，他的小伙伴们就开始嘲笑他。他对妈妈说："妈妈，不许卡丽叫我'小丈夫'，因为我的伙伴们……"

卡丽唱着歌打断他：


　　我叫，我还叫：

　　"小丈夫！""小丈夫！"

纳迪永戛纳哭着离开了。

好几个月过去了，好几年过去了，卡丽总还叫她的兄弟为"小丈夫"。

对于十二岁的孩子，在纳迪永戛纳这个年龄，无忧无虑的时光过去了，割礼的时刻到了。这是进入男人的交际圈，开始进行教育和培养的时刻，造就一个在人生的任何环境下，能面对所有磨炼的男人。终极目标是培养家长、祖先的继承人。

在一个凉爽的早晨，一队孩子，整整一生里都将是兄弟，因为他们马上要把他们的血混合在一半埋在地里的旧迫击炮的侧面，他们第一次自愿挨个承受疼痛。纳迪永戛纳第一个骑上迫击炮，撩起黄褐色的棉长袍直到腰部。男孩们的老师博达勒（骑在他背上的人），抓住他的阴茎，拉紧系在比铁还要牢固的细绳上的包皮，他扎得如此紧以至于细绳没入皮肤都看不见了，然后用比修鞋匠的锥子更锋利的刀切，切的时候嘎吱作响，随着迅猛地一击，他切下了男人邪恶的部位。孩子不仅没有叫喊，没有动弹，而且甚至连呼吸也不比平时急促。库姆巴，他的母亲可以自豪了，她的儿子是男人了。

旧迫击炮侧面上的血还没凝结，另一个孩子已经骑上挖空的砧板，然后下一个，再下一个。他们中任何一个都没有给家族蒙羞，伤口包扎也已完成。塑造思想，使身体结实，使性格经受锻炼的教育在男子聚集区和丛林灌木区开始了。

白天，他们去拾捡枯木用于晚上的照明和取暖，用投石器、长矛打猎，每个受过割礼的人都带着一双长棍子打猎。他们也去偷窃，人们不能也不应该要回他们所偷的任何东西：鸡、鸭或者其他东西。

晚上和清晨，唱些入教的歌，学些前人智慧的基础知识，训练记忆的歌常常由一些表面无意义的词或句子组成，或者意义随着时间的流逝在黑人聚居的地区消失了。这是些双关的谜语，宣叙调演唱者通过在脊柱上棍击，把火红的炭放在合拢的手掌上以达到教授的目的。年长者粗暴地对待伤口，常会发生这样的事：

杀山羊时，

它没有哭，

剥皮时，它却在叫。

（受割礼的人在做手术时没有任何痛苦的表示，包扎的时候却哭了。）

切断与村里的人尤其是与女人的任何联系，艰难的一个月过去了，在这期间，孩子们有时会吃得好，但常常会是个玩笑，甜牛奶蜂蜜黍米粥与古斯古斯或辣米饭混合；有时为了把调味汁调稀，比其他人更严厉的年长者会在空的或干净得像在井边或河里洗净的葫芦里吐痰。因为想成为男子汉，就应该战胜任何厌恶心理。

孩子们被培养成了男人，他们穿着短裤。穿着蓝色长袍的纳迪永戛纳是所有人中最清秀的。当他回家时，他的姐妹迎接他，说："妈妈，小丈夫回来了！"

纳迪永戛纳说："妈妈，告诉卡丽不要再叫我'小丈夫'了。"

"我叫，我还要叫：
'小丈夫，小丈夫'。"

卡丽唱着。但这已不是顽固、没教养的小女孩的调皮的声音了。她的歌声里包含着某种热情，这是恋人的声音，因为卡丽爱她的兄弟，她的兄弟是村里最清秀的年轻人。

像以前一样，她还是每天去田里或集会树下叫他："小丈夫，妈妈叫你。"

猴面包树树荫下的所有人，年轻人和老人都笑了，于是纳迪永戛纳回答她的姐妹说："卡丽，你对妈妈说我不回家了，永远都不回家了，我走了。"

他站起来朝大海跑去。回到家，卡丽对她妈妈说："妈妈，小丈夫离开了。"

库姆巴问："去哪里？"

"海边，他说他永远不再回来了。"

两个人出去看到跑着离开的纳迪永戛纳。老妇人唱着歌呼唤：

> 纳迪永戛纳回来，
>
> 亲爱的纳迪永戛纳回来，
>
> 你的姐妹不会追逐你了，
>
> 纳迪永戛纳回来！

风给她带来了儿子的声音："妈妈，告诉卡丽不要再叫我'小丈夫'。"

他的姐妹唱：

> "我叫，我还要叫：
>
> '小丈夫！'"

她们追赶着纳迪永戛纳，脚陷在滚烫又流动的沙子里。老妇人总在呼唤：

> 纳迪永戛纳回来，
>
> 亲爱的纳迪永戛纳回来。

卡丽一直在唱：

> "我叫，我还要叫：
> '小丈夫！''小丈夫！'"

太阳追上来钻到他们三个人前面，扎进海里。凉快的风带来了纳迪永戛纳的声音。纳迪永戛纳一直朝海边跑，在远处海浪的声音开始盖过他的声音。

夜幕降临了，在老妇人和她女儿的歌声中混杂着盖过男孩声音的波涛声……

> 你的姐妹不会追逐你了，
> 纳迪永戛纳回来！

早晨，两个女人到达潮湿的沙滩，她们看到了纳迪永戛纳的脚踝被不断涌现的浪花包围着。

> 纳迪永戛纳回来，
> 亲爱的纳迪永戛纳回来！

老妇人恳求道。

她儿子要求道："妈妈，告诉卡丽不要再叫我'小丈夫'。"

> "'小丈夫！''小丈夫！'
> 我叫，我还叫。"

他的姐妹坚持叫着。

纳迪永戛纳往前走，直到浪花没过膝盖，在他身后滚动和铺开。

> 你的姐妹不会追逐你了，
> 纳迪永戛纳回来！

母亲哭道。纳迪永戛纳在水中一直往前走，水漫到了他的胸部。

他说："妈妈，告诉卡丽不要再叫我'小丈夫'。"水把他的脖子团团围住。

> "我叫，我还叫：
> '小丈夫！''小丈夫！'"

卡丽一直在唱。流着泪的库姆巴一直在呼唤：

　　纳迪永戛纳回来。


　　但纳迪永戛纳不再回答了，他消失在了大海中。

　　库姆巴卡住卡丽的喉咙，把她摔倒在地，把她的头埋在潮湿又移动的沙子里，直到女孩的身体变得像被浪花抛弃在海滩上的水母一样松软。

　　她一直唱着呼唤儿子，但她的眼神呆滞了，仿佛看不见大海，看不见汹涌的浪花。汹涌的浪花在一片怒号中翻滚、迸发。在轰鸣声中，浪花吞没了还在唱歌的库姆巴和她女儿的尸体；浪花把她们吞没并带到里佩纳。此后，大海不再回到那里，日落的地方。

　　晚上，如果把耳朵贴在海滩的鹅卵石上，就会听到疯子库姆巴呼唤儿子的哭声和歌声。


　　纳迪永戛纳回来，
　　亲爱的纳迪永戛纳回来。

# 实话和谎话

谎话费纳长大了，学到了许多东西。但还有许多他还不知道的，尤其是人，对女人的了解就更少，女人一点也不像上帝。每次听到说"上帝喜欢听实话"，他就很恼火，把自己视为牺牲品，可恶的是这句话他还常听到。当然某些人说没有什么比谎话更像实话的了。但大部分人认为实话和谎话就像黑夜和白天。所以他和实话德格一起去旅行时，谎话费纳对同伴说："上帝喜欢的是你，可能人类也更喜欢你，所以我们所到之处由你来说话。因为人类如果认出了我，我们会受到冷淡的接待。"

他们大清早就出发了，走了很长时间。中午时分，他们走到村庄的第一幢房子。一番寒暄后，他们需要讨些喝的。在一个清洁度不是很好的葫芦里，女主人给他们一些鸵鸟喝了也会吐的温水。当然还有吃的问题，在房子的入口处，满满一锅米饭在沸腾。两个游客在院子中心的猴面包树的树荫下躺下，等待上帝，即好运，等待男主人回来。男主人傍晚回来了，为自己和陌生人问妻子要些吃的。

妻子说："我什么都没准备。"她独自一人不能吞下锅里所有的东西吧。

丈夫非常生气地进了家门，不仅因为自己在大太阳下，在田里干了整整一天活，饿极了，而且由于他不能款待陌生客人（像任何一个被冠以这一称号的男主人应该做的那样），让他们饿着肚子。他问："这是一个称职妻子的行为？这是一个大度的妻子的行为？这是一个好的家庭主妇？"

谎话费纳像约定好的那样谨慎，一句话都没说，但实话德格不能沉默了。她真诚地说被冠以家庭主妇这一称谓的女人本应该对陌生人更好客，总应在丈夫回来前把一切都准备好了。

这时妻子开始狂怒，威胁要聚集村里所有的人，命令丈夫把干预她的家务事，插手提意见的无理的陌生人赶出门，否则她立即回娘家。可怜的丈夫不想因为两个他以前从没见过的，可能在他的一生中也永远不会再见到的陌生人而没有了妻子（即使是不称职的妻子）和没有了饭，他不得不要求两个旅客继续赶路。所以这两个没有阅历的旅客忘记了生活不是古斯古斯，也需要缓和剂。他们真的需要直截了当地说话吗？

费纳和德格继续旅行，这次旅行开始得很糟糕。他们还是走了很长时间，来到一个村庄。在村庄的入口处，他们看见一些孩子忙于分切刚刚宰杀的肥公牛。当他们走进村长家时，看见一些孩子，孩子们把肥公牛的头和脚送给村长，对他说："这是您的那一份。"

然而，从迪亚迪亚那到纳迪亚耶，在所有人类居住的村庄，向来都是首领亲自或让人分给每个人一份，自己选择他的那一份，最好的那份。

村长问两个旅客："那么你们认为在这个村里谁说了算？"

谎话费纳非常谨慎，保持沉默，没有开口。像约定的那样，实话德格不得不发表她的看法，她说："种种迹象表明，应该是孩子们。"

老人愤怒地说："你们是些傲慢的人，滚出这个村庄，走，马上走，否则就走不了了，滚蛋，滚蛋！"

两个倒霉的旅客继续赶路。

在路上，费纳对德格说："直到现在结果仍不是很令人满意，我不知道如果让你继续管事，结果是否会好。所以，从现在起，由我来管理我们俩。我开始相信，如果上帝对你满意，人类不会过分地欣赏你。"

因为不知道他们接着要去的村庄会怎样接待自己，德格和费纳在进入随意挑选的一户人家前，在井边停下来喝水。从村庄里传来喊叫和哀号，突然出现了一个流着眼泪的妇女。

真话德格问："为什么会有这些叫喊和哭泣？"

妇女（是个奴隶）说："我们特别喜欢的王后，国王最年轻的妻子，昨天去世了，国王伤心之至想自杀，要和他最可爱、最美丽的妻子重聚。"

谎话费纳问："只是因为这个大家在喊叫吗？去对国王说'在井边，有个陌生人能让死人复活，即使是死了很久的人'。"

奴隶走了，过了一会儿在一个老人的陪同下又回来了，老人把他们带到一个美丽的住处，在那儿，他们发现了一头烤全羊和两葫芦古斯古斯。

老人说："我家主人让人送来这些，长途旅行后，你们好好休息。他让你们等着，他很快会让人来叫你们。"

第二天，他们给陌生人提供了比昨日还要丰盛的饭菜，第三天也一样。费纳假装生气和不耐烦，他对信使说："去对你们的国王说我并没有时间在这儿浪费，告诉他如果他不需要我的话，我要启程了。"

一个老人来对他说："国王要见你。"费纳跟着这个老人走了，把实话德格留在住处。

当他来到国王面前时，国王问："你做这件事，要什么报酬？"

谎话费纳反问道："你能给我什么？"

"我将给你我在这个国家拥有的一百样东西。"

费纳估算后说："我认为不够。"

国王建议说："那么你说说自己想要什么。"

"我想要你一半的财富。"

国王接受了："就这么说定了。"

费纳让人在国王的爱妃的坟墓上建了个房子，他带了把锄头独自进去了，一开始听到的是他的喘气声和费力声，很长一段时间后，他开始说话，首先是柔和地，然后大声地，好像在和好几个人争吵，最后他从房子里出来，背用力地靠在门上。

他对国王说："事情变复杂了。我挖开了坟墓，我唤醒了你的妻子，但她刚一苏醒正要从地下出来时，你的父亲也醒了，他拉住你妻子的脚对我说：'把这个女人留在这里。她能给你什么？然而如果我复活了，我把我儿子所有的财富都给你。'你父亲给我的建议还没说完，他的父亲也出现了，答应给我你所有的财产和他儿子一半的财产。你的祖父被你父亲的祖父推到一边，你的曾祖父答应给我你的财产，你父亲的财产，他儿子的财产和他自己一半的财富。他也没有说完话，你曾祖父的父亲就来了。这么多的人，你的祖先和他们祖先的祖先现在都挤在你妻子的坟墓口。"

国王布尔看着他的群臣，群臣看着国王。陌生人说得有理，事情确实变复杂了。布尔看着谎话费纳，老人们也看着他。应该怎么做呢？

谎话费纳说："为了使你摆脱困境，为了避免你有太多的选择，你只需告诉我在你妻子和父亲中，你希望我让谁复活。"

国王说："我的妻子。"国王此刻比任何时候都爱他的妻子，他一直害怕已故的父亲。在贵族们的帮助下，他曾采取了一些手段加速了父亲的死亡。

谎话费纳反击说："显然，显然！只是你父亲给我双倍你刚刚答应的东西。"

布尔转身面向群臣，群臣看着他，看着陌生人。这代价太大了，如果国王放弃所有的财产，再看到他最喜爱的妻子又有什么用呢？他还是国王吗？费纳揣测着国王的想法和谋臣们的想法。

他说："让你的妻子保持原状，至少，至少你要给我你答应我的让她复活的东西。"

参与老国王去世事件的老贵族们齐声说："这肯定是更好更合理的办法。"

谎话费纳问："布尔，你怎么看？"

国王说："好吧！让我父亲，我父亲的父亲，他们父亲的父亲们保持原状，也让我妻子保持原状。"

就这样，谎话费纳，因为没有让另一个世界的任何一个人复活，而得到了国王一半的财产。国王很快就忘了他刚离世的宠妃又娶了另一个妻子。

# 母鹿和两个猎人

嘴巴只盲目服从脑子，却掌控着身体其他部位。嘴巴自顾自地说话、喊叫，尽管有时有些道理，但经常出错。他既不征求肚子的意见，也不征求双腿的意见，肚子表示已经吃饱了，嘴巴却还一个劲地吃，双腿已经不想再走了，嘴巴却声称还能走更远。

嘴巴控制身体一切机能的时候，他自以为不可或缺。虽然嘴巴有时能救人，但更多时候会给人带来损失，因为他不能仅仅满足于说"我不知道"。

多说总是无益的，不过不让人听明白自己的话常常会引起麻烦，正如不理解别人说的话也会有麻烦一样，这应该是隐士塞里涅的想法。从麦加回来，在卡伊的门徒家逗留，住在最漂亮的茅屋里，一安顿下来塞里涅就马上开始朗诵《古兰经》里的诗句和连祷文。吃饭的时间到了，他的门徒派了个小孩来请他。孩子走进茅屋用巴姆巴拉语对塞里涅说："我父母叫你。"他用沃洛夫语回答说："是我。"孩子回去对他的父母亲说："他说他不来。"

他们一家人吃了晚饭，客人没来吃。

第二天早上，孩子还用他的方言去叫隐士，塞里涅也用自己的方言作答，中午和晚上也这样。整整三天，每天三次，虔诚的朝圣者给予年轻的信使相同的答复。

隐士刚刚皈依信仰的门徒一点也不理解隐士怎么会如此的虔诚。饭并没有节省，问题只是吃饭前祈祷还是祈祷前吃饭。不祈祷就吃饭并不是教徒的行为，在麦加从来不会存在吗？但光祈祷不吃饭？安拉的话难道有某种超能力，这些信异教的巴姆巴拉人从没听说《古兰经》能够代替一葫芦的米饭，尤其代替不了用新鲜秋葵黏稠汁液烹调的玉米面做的食物，外加火候适中的烤鸡，这是专为隐士做的顶级佳肴。但隐士总是拒绝来享用米饭和这一美味佳肴或古斯古斯。

至于塞里涅方面，在朗诵《古兰经》章节和连祷文的间隙，他想，从自己进入茅屋以来，并没有一群蝗虫袭击该地区的田地，白蚁没有破坏谷仓，塞内加尔河也并没在一夜之间干枯，生活在河里的所有鱼种——鲤鱼、马鲅，还有离开卡伊和梅迪娜的吃粪便的肮脏的六须鲇，并没有逆流而上到富达迪雅隆或顺流而下到圣路易和大海。他想大量在河对岸吃牧草的牛是否一夜之间都因瘟疫死了；摩尔人和富拉尼人从北方赶来的所有的羊是否突然患上巴斯德氏菌病，狂躁地睡不着觉而转瞬间都死了；他最后想在这个地方每月到底吃几顿饭。

然而，他大隐士的尊严不允许自己向他人索要食物。

焦急万分的门徒，终于来看隐士了，双方相互说明了缘由。

塞里涅比通布图学者、阿拉伯文学家还要博学，却不懂一个巴姆巴拉词。父母亲派来叫客人的孩子，因为从没出过卡伊，从没穿过隔开苏丹和塞内加尔的法莱梅河，并不理解沃洛夫语。

当小孩用巴姆巴拉语对隐士说："我爸妈叫你。"

塞里涅理解为沃洛夫语"这是谁?"

当隐士用沃洛夫语回答："是我!"

孩子理解为巴姆巴拉语"我不去"。

以饿肚子换来的代价让塞里涅知道了嘴巴的力量和话语的价值，即便是世俗的话语。

然而，就像"塞翁失马，焉知非福"一样，机会会在束缚你的锁链中突然出现，塞里涅由于不得已的禁食，其间没有任何不纯的食物弄脏他的嘴，他的级别高出了隐士，几乎成了圣徒、圣人。


（阿玛杜·库姆巴说："我现在要跟你讲母鹿莫比勒是怎样获得学识的，为了对抗两个猎人她又干了些什么。"）


就像蜂蜜溶于水中，水有甜味，话不管好坏溶解在唾液中，唾液自然也保留了一部分力量。

为主人长久地祈祷，把唾沫洒在向他伸出的手和孩子短头发的头颅上后，塞里涅向主人告辞。

他踏上了返程的归途。

在经过的路上，母鹿莫比勒吃了塞里涅吐过唾沫的草。就这样她一下子获得了他的所有学识，然而，鬣狗布吉整整二十年里经常去伊斯兰教学校，为了夜间上课的照明，她每天背柴捆去学校，知识没学到多少，所承受的重压却导致她的腰和后腿衰退了。

所以莫比勒既不是隐士，也不是森林和稀树草原的巫师，却"无所不知"。她知道其他动物背后的一些事，知道既不是隐士又不是巫师的人们不知道的一些事。

第一个体验莫比勒的学识的是猎人科里。科里在水边发现了莫比勒。大清早莫比勒在那里干什么呢？是沐浴呢还是像偏僻荒漠区其他任何居民一样仅仅在喝水？科里没有时间说，莫比勒从不说，所以从来没人会知道。科里瞄准了莫比勒，莫比勒对科里说："不要杀我，我会告诉你哪里可以找到大象和野猪。"

科里反驳说："我无所谓。今天，我要的是你。"他发射出了子弹。

莫比勒没有被子弹打中，说："你还没得到我。"

科里很生气，把在火纳格尔身上烤的白蚁妈妈捣碎在罗望子树果实粉末中做成子弹装入他的步枪，他射中了莫比勒。当他走近去捡莫比勒时，后者对他说："还没结束。"

他割断了莫比勒的脖子，但刀在骨头上嘎吱作响的时候，刀说："还没结束。"科里把莫比勒扛在肩膀上回到村里。回家的时候，他得知他的儿子刚刚掉到了井里。被他扔到地上的母羊的尸体说："还没结束。"他剥了她的皮，皮脱离的时候说："还没结束。"他切开了母鹿，切肉的时候，刀说："还没结束。"科里把一块块肉放入锅里，水沸腾的时候，锅说："还没结束……还没结束……还没结束……"但肉一直不熟，整整七天，科里一直去拾枯树。他的妻子在吹火的时候，左眼跳进一颗火星，于是她就成了独眼龙。火、锅、肉块说："还没结束。"水一直在开，但肉还是不熟。科里终于拿起一块肉准备品尝，肉块还没进他的喉咙，就鼓起炸裂了他的头。

莫比勒说："结束了。"她从锅里跳出来回到偏僻荒漠区去了。


科里的不幸遭遇被鹦鹉迪奥伊告诉了偏僻荒漠区的居民，鹦鹉从猴子格洛那里听到这个不幸，格洛比其他任何人常去人类的村庄和田地附近地区。母鹿莫比勒的威望就这样树立了。一天，所有的动物都来找她抱怨猎人那迪乌马纳，他们都想完全摆脱他。

长着长鼻子小眼睛的国王大象尼艾耶说："只有你能给大家带回和平幸福的日子。"

皮肤和心灵都肮脏且模糊，既灵活又阴险的豹赛格说："只有你能使我们摆脱那迪乌马纳，使我们的生活恢复安宁。"

腰力量衰退、后腿下垂的骗子鬣狗布吉说："只有你能使偏僻荒漠区和森林恢复安静，替我们消除在任何一棵树下和每一丛草里伤害我们的可怕隐患。"

红眼睛的狮子葛安迪借用沙子颜色来隐藏自己，以前是为了突袭猎物，现在是为了躲避那迪乌马纳；野兔卢克为了跑起来更方便把他的旧鞋挂在脖子上；为了躲避子弹，豺蒂勒忽左忽右地跑，所有动物都来要求母鹿莫比勒解决掉那迪乌马纳和他的狗。莫比勒答应他们要灭了猎人。

莫比勒的学问尽管很大，但还是太新了；她知道地球很老很老，树也很老很老，草一直生长着，但她不知道在土地和树之间，在草和那迪乌马纳的祖先之间达成的协议和猎人的家族一样久远。

莫比勒并不知道从月亮上获得学识的狗卡迪的学识也相当了得，而且她也不知道把狗卡迪和那迪乌马纳家族维系在一起的条约可以追溯到狗为了躲开作恶的妖怪住进人类住所的那一天。

那迪乌马纳，他的父亲，他的祖父，他的祖先们从一开始就用热血浇地，把满月时捕杀的第一只动物的血倒在树根旁和草上。他们商定：土地、树、草看到猎人们要捕杀的动物时不应该庇护动物。从第一个祖先起，整个那迪乌马纳家族，他的祖父，他的父亲，他自己，都会把每个月宰杀的第一只动物的尸体给狗吃。狗负责闻嗅要被捕杀的猎物的味道，发现他们的踪迹。那迪乌马纳瞄准踪迹被发现的动物，像一根长手指一样伸出的步枪的枪管给子弹指路。子弹像个有责任心的信使，在路上不拖拉，从不辱使命，如期到达目的地，射中动物。

据猎物们回忆，森林或稀树草原上的任何居民只要被那迪乌马纳的狗闻到，被那迪乌马纳看到，被那迪乌马纳的枪瞄准，没有一个能躲开给他准备的子弹。

那迪乌马纳的狗就出生在他家，他父亲给他们起名：忠诚，欺骗我，诺言，中间的篱笆。那迪乌马纳的父亲认为对于在生活中不愿有失望的人，在这些名字中包含有足够多的智慧。他说前两个名字发音是一样的，忠诚和欺骗同时产生；他解释说，事实上如果忠诚总是存在，水就从不会煮自己看着出生，并抚养长大的鱼。他也说诺言是一床很厚的被子，但受保护的人在极冷的情况下也会发抖。他总说有相同的中间篱笆的两块地从不会有相同的面积，只有两个相同长度的农具不足以用黍米装满两个相同容量的谷仓。尽管他没有说，但可能他就是这么想的：人和人是不一样的。尽管有大学问，但母鹿莫比勒可能不知道这一点。

那迪乌马纳的父亲还说了一些其他有哲理的话。一天，一群一个比一个漂亮的年轻女人站在那迪乌马纳家门口，她们在达姆鼓声中唱着、跳着，那迪乌马纳好像忘了父亲的这些话。

思索了一个月后，莫比勒找到了或认为已经找到了消灭那迪乌马纳和他的狗的方法。她让猴子格洛和鹦鹉迪奥伊叫来偏僻荒漠区的居民。

她对其他动物说:"我们把自己打扮成女人,去拜访猎人那迪乌马纳。像这样做……"

你好

我们向你们问好,

那迪乌马纳和你的家人;

你们有一些重要的客人,

你们应该给她们一些吃的。

这些女人边唱着歌,敲击着达姆鼓,边跳着舞,穿着从没见过的最漂亮的长袍和系着从没见过的最漂亮的缠腰带,戴着首饰,在那迪乌马纳的邀请下,进了他家。

你好

我们向你们问好,

她们相继跪在猎人面前。达姆鼓在嗡嗡作响,她们拍着手:

那迪乌马纳和你的家人;

你们有一些重要的客人，

你们应该给她们一些吃的。

那迪乌马纳不知道在所有这些女人中哪个最漂亮，也不知道眼睛该长久地停在哪一个人身上。

达姆鼓终于停止了敲击，女人们也停止了跳舞。大家就座，主人在杀公牛和公羊，杵在迫击炮的腹部碾压黍米，这时，她们讲述了她们的旅行，说了此行的目的。

体形圆润，皮肤黝黑的高个子女人说："我们从远方来。"

另一个身材瘦小、脸色苍白、脖子细长的女人说："然而那里地方又不是远得连你的名声都传不到的，那迪乌马纳，你是猎人之王。"

她们的声音甜蜜又温柔，猎人高兴极了，母亲派来找他的孩子叫了他三声，他才听到。

他母亲对他说："那迪乌马纳，所有这一切令我害怕。看那个脸色黝黑，长着硕大鼻子的胖女人，她长得像大象尼艾耶。"

那迪乌马纳笑着问："妈妈，你怎么会有这样的想法？"

"看那个极其瘦小、脸色苍白、脖子长又细的，不就是母鹿莫比勒吗？"

"妈妈，你在讲什么？"

老妇人说："那迪乌马纳，我的儿子，当心。"猎人回到高兴又闹哄哄的那一群人中去了。

当端上装满飘着香味的肉片的古斯古斯的葫芦时，年轻的女人们噘着嘴不高兴了。

其中一个说："显而易见，我们一点也不饿。"

另一个解释说："我们吃了太多的牛肉、绵羊肉、山羊肉，我们期待在猎人之王那迪乌马纳家吃到其他东西。"

猎人的自尊心受到了伤害，他问道："告诉我你们想吃的所有东西，我马上就给你们吃。你们想要吃母鹿肉？你们想要科巴的肉？野猪肉？河马肉？"

其中的几个人开始发抖了，女人们说："不！不！"

脸色苍白的女人说："我们想，我们想吃狗肉。"

不顾母亲的劝告，那迪乌马纳命令杀狗。狗被杀死了。

老妇人说："至少，当你的客人吃完后，不要丢掉狗的任何一块骨头，把它们都捡起来交给我。"

给年轻漂亮的女人们端上混有狗肉的古斯古斯时，猎人表现出的热情好客令女人们很高兴和满意，她们中的几个再次唱起了赞歌。伺候吃饭的奴隶和孩子拾起狗的所有骨头，把它们交给了那迪乌马纳的母亲，她把它们放入四个金丝雀里，里面收集的是被杀的狗的血。

身材瘦小、脸色苍白的女人说："我们要走了，因为天色渐晚。"她尽管个子不高，却很有威信，那迪乌马纳认为在所有人中她看起来最令人舒服。此外，当她说话的时候，她的同伴满怀敬意地听着，好像她就是女王。

其他女人说："那迪乌马纳，我们要走了。"

伤心的猎人总是盯着身材瘦小、脸色苍白的女人看，问道："你们真要离开我们呀？"

身材瘦小、脸色黝黑的女人说："行！那你送送我们，这样你还可以和我们一起待一段时间。"

猎人对他母亲说他要送这些女人回家。

老妇人对他说："带上你的枪。"

当年轻的女人们看到他带着枪来，她们愤怒地喊："难道陪同女人你还需要枪？"

那迪乌马纳回来放下了步枪、装粉末的角状物和弹药囊。

母亲对他说："那么带上弓。"

看到他肩上背着弓，年轻的女人们发怒了："我们的陪伴让你这么不愉快，以至于你要武装成好像要去打仗？"

他回去放下弓和箭。

母亲向他伸出手对他说："拿上这些棕榈核。当你有危险的时候，把它们扔到地上并且呼唤我。"

在叫喊声、歌唱声和达姆鼓的嗡嗡声中，那迪乌马纳走在中间，兴高采烈得和一群人离开了。

这群人跳着舞，喊叫着，唱着歌走了很长时间。然后叫喊声停了，歌声也弱了，达姆鼓也止了，稀树草原上一片沉寂。那迪乌马纳一直看着那个身材瘦小且脸色苍白的女人。突然，看到她的手势，所有女人停了下来。她对猎人说："那迪乌马纳，在这儿等我们，我们去个地方。"

她们走远了，把那迪乌马纳独自留下。在远处，很远的地方，她们问："那迪乌马纳，你看得到我们吗？"

那迪乌马纳喊道："我看到了你们蓝色的长袍和带条纹的缠腰带。"

她们走得更远，非常远，问："那迪乌马纳，你看得到我们吗？"

那迪乌马纳喊："我看到你们扬起的灰尘。"

她们走得还要远，更远，问："那迪乌马纳，看得到我们吗？"

那迪乌马纳喊："我只看到天空和大地。"

于是她们停了下来，取下首饰，脱去衣服，躺在地上。当她们重新站起时，她们又变回偏僻荒漠区的居民，其他动物簇拥着母鹿莫比勒。

所有动物——长鼻子的大象尼艾耶，红眼睛的狮子葛安迪，毛脏兮兮的豹赛格，角弯弯扭扭的马科巴，左右乱撞的豺蒂勒，疣猪穆邦阿勒，在众人肚子下疾行的野兔卢克，用很短的翅膀盖住低垂后腿的鸵鸟邦迪奥利和鬣狗布吉朝猎人冲去。

那迪乌马纳首先看到的是他们扬起的灰尘，然后看到尼艾耶这个黑色的大块头，葛安迪和莫比勒的浅黄褐色的毛，赛格和布吉身上的斑点。他一边喊着"我的母亲"一边把一颗棕榈核扔到地上。

从地上长出一棵棕榈树，树梢几乎碰到了天空。动物们正要扑向那迪乌马纳时，他爬上了棕榈树。

动物们怒气冲冲地抬着头绕着棕榈树转，莫比勒在树下扒泥土，挖出一把斧子，她把斧子交给大象。体形巨大的伐木工尼艾耶在砍伐大树，母鹿为其他动物起调，合唱着给大象的砍伐伴奏：

独自一个人来！
独自一个人来！
那迪乌马纳你死定了！

棕榈树的须发开始微微抖动了，继而开始颤抖。尼艾耶一直在砍伐：

独自一个人来！
独自一个人来！

听到了树发出了折断声后，树摇晃了三下，倾斜了。正要倒下时，那迪乌马纳喊着"我的母亲"同时扔下第二颗棕榈核，从地上长出了一棵比倒在地上那棵树高三倍的参天棕榈树。那迪乌马纳从倒地的棕榈树上爬上了第二棵树。尼艾耶又朝后面这棵树冲去，又开始了破坏性的艰苦劳动。

> 独自一个人来！
>
> 独自一个人来！
>
> 那迪乌马纳你死定了！

那迪乌马纳感到自己手臂抱着、腿缠着、身体靠着的棕榈树已经在颤动了，突然他想到了被自己杀掉的狗，他想起了自己的祖先和狗家族之间缔结的协议，他是第一个中止协议的人。他记起狗知道和能看到人看不到和不知道的东西，他开始回忆：

> 噢！忠诚，欺骗我，
>
> 我父亲的狗。
>
> 我出卖了你们，
>
> 你们不要抛弃我。
>
> 噢！中间的篱笆，噢！诺言，
>
> 绝望的那迪乌马纳，
>
> 救救他！

像科里锅里的莫比勒一样，四只狗从装着它们的血和骨头的金丝雀里跳出来。"忠诚"拿上主人的枪，"欺骗我"拿上装粉末的角状物，"中间的篱笆"拿上弹药囊，"诺言"汪汪叫着，他们追寻着那迪乌马纳的足迹。

独自一个人来！

独自一个人来！

尼艾耶继续用斧头猛击。第二棵棕榈树也发出了折断声，它晃动，倾斜，然后终于横在了地上。但是在树倒下之前，那迪乌马纳一直在叫：

噢！忠诚，欺骗我，

噢！中间的篱笆，噢！诺言！

他扔下最后一颗棕榈核，爬上第三棵棕榈树，这棵树比刚刚倒下的那棵要高七倍，树梢直插云霄。

尼艾耶一直在砍伐，动物们一直在唱歌：

独自一个人来！

斧头一直在凿着棕榈树树干的根部。

独自一个人来！

那迪乌马纳你死定了！

那迪乌马纳一直在呼唤：

我父亲的狗，

绝望的那迪乌马纳，

救救他！

最后一棵棕榈树摇晃了，倾斜了，正要倒下时，突然，响起了诺言的叫声，叫声压住了斧头的声音，盖过了动物们的歌声，比猎人的呼唤声更响。在棕榈树倒下的瞬间，狗围住了那迪乌马纳。

当莽撞的猎人从比他忠诚的朋友们的嘴里接过步枪、装粉末的角状物和弹药囊时，以母鹿莫比勒为首的动物纷纷逃到偏僻荒漠区的腹地。

阿玛杜·库姆巴说从那迪乌马纳起，任何猎人哪怕只是去拾捡枯木，也总带着枪。

# 库斯的葫芦

"把财产悬挂起来的人以为别人朝上看就是觊觎他的财产。"

当人们在讨论美丽时，就讨论者而言，针对的既不是鬣狗布吉的妻子也不是野兔卢克的妻子。然而每次听到别人谈论丑女人时，这两位都认为是针对自己的，所以感到非常懊恼。她们实在忍无可忍了，要求自己的丈夫替自己去找项链、手镯和腰带来打扮。布吉和卢克都是好丈夫，于是他们去寻找首饰。

在他们到达第一个多涝洼地时，布吉停了下来，他取了一些湿的黏土，揉搓之后，做了些大小不一的小球，给这些小球穿孔后，将它们在太阳下晒干。傍晚，他用线穿了晒干了的黏土球，回去对他的妻子说："瞧，这些是你的项链，这些是你的腰带。把这个戴在你的手腕上，那个戴在你的脚踝上。"

这时，野兔卢克还在偏僻荒漠地区和稀树草原翻找。从早到晚忽左忽右整整跑了七天，他累极了。太阳照射得实在太猛了，卢克躺在一棵猴面包树下休息。

美美地睡了一觉后，他伸伸懒腰说："这棵树的树荫真是太凉爽，太好了！"

猴面包树说："如果你尝尝我的叶子，你可能会认为'它们更好'。"

卢克摘了三片叶子，吃了下去，然后称赞说："确实鲜美！"

猴面包树说："我的果实还要更鲜美。"

卢克爬上树摘了一个柄易折断的椭圆形果实，外壳里包着叫作"猴面包"的既粉又甜的果肉，在这之前，只有猴子格洛知道采摘和品尝猴面包，他是个自私自利的人，不向任何人提供猴面包的信息。卢克敲碎果壳品尝着美味可口的果实粉末。

卢克说："如果我有大量的猴面包，把它们卖出去，我将会非常富有。"

猴面包树问："所以你是在寻找财富咯？往我的树干里看。"

卢克把头探进去，看到了一些金子、首饰、长袍、缠腰带，它们像太阳、星星般耀眼。他把手伸向这些从来不敢梦想的财宝。

猴面包树说："等等，这些东西不是我的，我不能把它们给你。但在秋葵地里，你会找到能帮你得到这些宝贝的人。"

卢克到达秋葵地，在那儿看到了一个库斯。淘气的小精灵还很小，如果他的头发已经盖过屁股，他就还没长胡子。应该是一个年轻的淘气小精灵在大太阳下、在秋葵地里冒险。

向显得有些害怕的小精灵打招呼后，卢克说："库斯，猴面包树古伊让我来找你。"

听到卢克的声音，淘气小精灵放心了，他打断卢克说："我知道为什么了，来和我一起穿过这棵罗望子树的树洞，不要嘲笑你在我家里看到的所有东西。当我父亲晚上回来时，他想把短粗木棍靠围墙放，但短粗木棍会要求我父亲把它靠稻草栅栏放。当我母亲头顶柴捆回来时，她想把柴捆放在地上，但柴捆会抬起她，把她摔倒在地。为了向你表示敬意，我母亲会杀一只鸡，但她会把肉扔掉，却让你吃烤羽毛。你什么话也不要说，也不要惊讶，就吃羽毛。"

卢克答应听从库斯的建议，库斯让他从罗望子树的带窟窿的树干下去。

在小精灵的家里，一切都照小库斯事先告诉野兔的那样发生了：野兔对看到和听到的一切一点也不惊讶，在小精灵家待了三天。第四天，小精灵对他说："今晚，我父亲回来时，会端上两个葫芦，你拿小的那个。"

老精灵进来，让人叫来卢克，递给他一大一小两个葫芦。卢克拿了小的葫芦，老精灵对他说："现在你回家去。当你独自在家里时，你对葫芦说'科勒，遵守诺言！'去吧，希望你一帆风顺。"

卢克向老、小两个淘气精灵致谢，礼貌地向他们告别后回到了家。

他一回到家就说:"科勒,遵守诺言!"

葫芦里马上装满了各种各样的项链、手镯、珍珠腰带、靛蓝色(蓝黑色与天蓝色之间的颜色)的长袍、纳嘎朗的缠腰带,他把一切都交给妻子。

第二天,当卢克的妻子戴着在太阳下熠熠生辉的珠宝出现在井边时,鬣狗布吉的妻子险些嫉妒而死;她睁着眼睛,张着嘴晕倒了,摔碎了干黏土做的腰带、项链和手镯。当她恢复知觉时,全身湿透了,是人们用水浇醒了她。她一直跑到家,粗暴地推她的丈夫,他刚刚睡醒第二觉,正伸着懒腰打着哈欠。

她怒气冲冲地喊道:"懒鬼,饭桶,卢克的妻子全身珠光宝气,她戴着黄金和珍珠,你只为你的妻子找回一些硬邦邦的黏土。如果你不能给我像他们那样的珠宝,我就回我父亲家去。"

布吉思索了整整一天怎么做才能获得宝贝。黄昏时分,他认为已经想出了办法。他在左脸颊下塞了一些嚼碎了的生的花生,去找野兔卢克。

他呻吟着说:"野兔叔叔,我有一颗牙痛得不行了。以上帝的名义替我拔了它。"

野兔焦急地说:"如果你咬我怎么办?"

"咬你,我?但是我甚至连口水都不能咽!"

"嗯!那你一直张着嘴。"卢克边敲一颗犬牙边问:"哪颗?这颗吗？"

"不是！还要里面。"

"那么，这颗?"

"不是，还要里面。"

"当卢克的手伸到很里面时，布吉闭上了嘴，紧紧地咬住卢克的手。"

卢克喊："噢！我的妈!"

"如果你不告诉我你在哪儿找到所有这些宝贝，我就不松开。"

"放开我，公鸡第一声啼叫时，我带你去。"

布吉隔着牙齿和受害者的手问："你发誓?"

卢克答应说："以我父亲腰带的名义。"

从黄昏起布吉就没有合过眼，地面甚至都没凉快下来，他就起身去敲公鸡的门，然后回来对野兔说："公鸡啼叫了!"

卢克说："可能刚刚啼叫，但老人都没咳嗽。"

过了一小会儿，布吉就去卡住老母亲的喉咙，老母亲开始咳嗽了。

他回来说："老人咳嗽了。"

卢克不会骗人，但认为最好在黎明前摆脱这个讨厌的邻居，如果不让他满意，他到黄昏也不会放过自己。

他们出发了。在路上，卢克给了布吉一些建议，向他解释应该做什么说什么，不应该说什么做什么。卢克把布吉留在猴面包树下，回家继续睡觉。

布吉坐了一会儿，躺了一小会儿，然后起身对猴面包树说："你的树荫好像很凉快，叶子好像很美，果实好像很鲜美，但我不饿，我没有时间在这里等到太阳热起来，我有其他更重要的事情要做。你只需给我指出应该给我宝贝的那个人在哪里。我要和你树干里放着的一样的宝贝，你声称不是你的这样的宝贝。"

猴面包树给布吉指出秋葵地。布吉去那里，直到中午才等到年轻的淘气小精灵到来。当小精灵出现时，布吉抓住他，开始粗暴地对待他。小精灵建议布吉对在自己父母亲家看到的一切不要惊讶也不要笑，然后，小库斯把他从罗望子树树干的树洞带下去。

在待在淘气小精灵的家里的三天里，布吉宣称从没看到过扔掉肉吃羽毛的，并嘲笑看到的一切。

他时刻表现得很惊讶："这样啊，从我出生起，我就从没看到过，从没听到过！"

没有忘记在秋葵地里挨打的小库斯，故意不告诉这个粗野的人他应该选哪个葫芦。况且，哪怕告诉他，布吉也不会重视，他自以为没有卢克笨。为什么拿小葫芦呢（像野兔建议他的那样），根据逻辑，用大葫芦可以装更多的财宝。不能这么笨！

第四天，当老的淘气精灵递给他两个葫芦，要求他拿其中的一个时，布吉抓起那个大葫芦，要求回家去。

老的淘气精灵对他说："你一到家，就对它说'科勒，遵守诺言！'"

布吉勉强表示感谢，甚至都没有告别，就离开了。

一到家，他就关上栅栏的门并且放了一个大树桩抵住门。他命令正在碾黍米的妻子以及孩子们用捣槌、迫击炮、锅以及所有他们能找到的东西抵住门，然后走进房间。

他透过关得非常严实的门喊："我不愿别人以任何借口打搅我。"把葫芦放在地上，他说："科勒，遵守诺言！"

葫芦里出现了一根手臂粗细、三个手肘长的粗短木棍，开始猛烈地打他。布吉跑着，号叫着，撞上了茅舍，他到处找门，粗短木棍不停地打在他的背上和腰上。房间的门终于找到了，布吉推倒捣槌、锅和迫击炮，粗短木棍还一直穷追不舍并不断打着他，布吉跑着推开了门，推倒妻子和孩子们，终于挪开了重重的树桩，拆毁了栅栏的门逃到偏僻荒漠区去了。

此后，鬣狗布吉不再关心首饰，甚至连长袍都不关心了。

# 遗　产

刚结束的安逸、舒适的一天是老桑巴一生的写照：安宁又坦荡，艰苦劳动的一生，充盈智慧和善举的一生。

孕育夜晚的风停在罗望子树的树梢，期待无用的身躯引领灵魂飘逝到祖先的家园。压得人喘不过气来的沉寂，像胆小的小鸡一样蜷缩在祖先房子四周的房子里，影响着女人和孩子。只有扔到火里的小树枝的噼啪声应和着一天里最后的噪声。在邻居家里，捣槌在迫击炮下停止捣米了。

这么多天夜晚的加热和黎明的冷却后，炉灶即将熄灭，今后不能再给大家取暖了，在炉灶附近，老桑巴，这个做了一生慈善的老人走到了生命的尽头。在睡觉前，入土之前的最后一觉，他的任何手势、任何话语都不会冒犯和激怒肥沃的土地——人类的母亲。他的儿子莫马尔、穆萨和比拉穆站着。

　　垂死的人抬起手臂，指给儿子们看挂在茅屋顶上的三个羊皮袋。在他们每人拿了一个羊皮袋后，他们的父亲垂下了手臂，他离开了活人的房子去亡灵的家园。

　　桑巴的葬礼像他的生活一样富裕而体面。

　　丧事持续了一个月，其间每天早上杀三头公牛。丧事结束时，莫马尔、穆萨和比拉穆想看看他们父亲留给他们的羊皮袋里装的东西。

　　比拉穆的羊皮袋比其他人的都轻，里面装着一段一段的绳子，穆萨的羊皮袋最重，装满了金块和碎金，莫马尔拿的第三个袋子里装着沙子。

　　穆萨说："爸爸对我们的爱是一样的，我不明白，我是最小的儿子，他却把所有的金子留给我。"

　　莫马尔说："我不明白，他留给我这个长子的，仅仅是一袋沙子。给你，比拉穆，留的是一段一段的绳子。"

　　比拉穆说："父亲没有指定把这个留给谁，把那个留给谁。他只给我们指了羊皮袋，我们是随意拿的。我们应该弄清楚他在回应向他召唤的祖宗前没有时间对我们说话。去问问村里的老人们，他们可能会告诉我们。"

　　他们来到集会树下，村里的老人们在树荫处闲谈。但老人们，尽管都是些有大智慧的人，也不能向他们解释垂死的桑巴没能对他们说的话。他们让儿子们去找纳嘎涅的老人们，纳嘎涅的老人们建议他们去问尼阿那的老人。尼阿那的老人中最年长的一个对他们说:"我不知道你们的父亲用这三个羊皮袋想告诉你们什么,我也不知道在这个地区谁能替你们解惑,我是这里最长寿的人;但当我还是孩子时,我听到我祖母的祖母谈起过凯姆塔纳,他是个无所不知的人。去找他吧,希望你们的寻找之路一帆风顺。"

星期五是出门的黄道吉日,穆萨、莫马尔和比拉穆在白马上套上缰绳,出村寻找凯姆塔纳去了。

他们走了七天,穿过树林和多涝洼地,森林和河流。第八天的拂晓,他们在小路上遇见了疣猪莫邦阿勒。确实,他们太熟悉莫邦阿勒了。不止一次,他们与莫邦阿勒有过争执。莫邦阿勒没有把他们的玉米地和白薯地当作自己的私有财产吗?但他们看到过莫邦阿勒这样穿着奇装异服吗?这是他们一生中第一次,甚至可能从那·迪亚迪亚那到纳·迪亚耶,自那段时间的那个晚上起,这可能是人类祖先纳迪亚耶·阿达玛第一次看到他。

一个人只有面对能给自己提供信息的人才会感到惊讶,但不会表露出他的惊讶。他们互相很简单地说:"见多识广。"莫邦阿勒穿着宽大的红色长袍,戴着有两只角的白色无边软帽,穿着黄色拖鞋,数着每颗都比可乐果果核还要大的念珠。

他们继续赶路。

七七四十九天里,他们穿过树林和草原,沼泽和平原,朝着升起的太阳行进。

太阳高悬在头顶，他们在树荫下和马肚子下寻求庇护，突然他们遇到了因垂涎而咩咩叫的公山羊迪亚卡洛尔，它正与一个一半被白蚁贪婪吃了的罗望子树的树桩在死磕。三兄弟说："见多识广。"他们继续赶路。

一天又一天，他们一次次跨过大河，每天早上树又矮了一截，稀疏的草一天天变得黄了。突然，他们发现在一摊浑浊的水边有一头公牛。这头牛长得极其丰腴，即使是父亲所有的牛中最美的，在丧事第一天被杀的那一头与之相比也好像只是两个月大的牛犊一样。

三兄弟说："见多识广。"他们继续赶路。

天空一扫阴霾。在人类居住的地方，公鸡已经啼叫过两遍。太阳像个大西瓜，被着急又谨慎的手拖着开始新的一天，当他们来到一片一望无际的草地时，太阳一下子掠过地平线，然后迅速地升到他们面前。在露水的重压下，草还低着头。已经苏醒的新形成的小河在互相争吵着捉着迷藏。忙着做家务的太阳用它的光芒清理露珠，三兄弟的马想喝水吃饭。但最清澈的小河里的水却像胆汁一样苦，最绿的草却像灰一样干。在草地的中间站着一头瘦骨嶙峋的奶牛，穿透它的肚子可以看到东西，草地上的草掠过它松弛的肚子。

三兄弟说："见多识广。"他们继续赶路。

太阳结束了一天的劳动后着急地往家赶，位于前面的影子时刻在放大，给他们指出连接着青翠但胆汁般苦的牧场的灼热沙漠中的下一站。突然他们在这些光秃秃的荒芜的土地中，看到一头奶牛，一个孩子抱着一丛草、一个男人用手掬着一捧水站在奶牛身边。马儿放开肚子狂吃豪饮，像蜜一样甜的水喝不尽，鲜美的草吃不完。奶牛膘肥的身体在落日的余晖下像金子般闪烁。

三兄弟说："见多识广。"他们继续赶路。

他们又走了九天。第十天，醒来时，他们看见身前有一只仅有三只脚的母鹿，他们一靠近，它就跑，然后在更远的地方停下，好像在嘲讽他们。他们骑上马猎杀它。他们一直追赶到预示暮色的红色微光出现，然后母鹿在他们眼前消失了。突然，在他们面前，出现了一条由村庄尖顶的房子镶边的地平线。

他们在村庄入口处碰到一个很老很老的老妇人，老妇人问他们："你们去哪儿呀？"

他们对她说："我们在寻找凯姆塔纳。"

老人说："你们的寻找之旅结束了。我祖父凯姆塔纳就住在这儿。去村里罗望子树下，你们在那儿可以找到他。"

黄昏时分，孩子们开始在罗望子树下玩耍。黄昏是黑夜的前奏，在人类居住的村庄，为避免遇到此时开始游荡的恶魔或不祥的风，父母让孩子们回家。在夜间，自然复活，动物猎杀，死人忙于自己的事务。太阳用它的光芒向活着的人掩盖了真实的生活，他们有时在睡眠中获得自我解放，体验和看到生活的另一面。

三兄弟询问谁是凯姆塔纳，最小的孩子退出游戏对他们说：
"是我。"

凯姆塔纳对他们说："你们的祖先和你们祖先的祖先带领着你
们的父亲和他车载斗量的善举经过这里，这些善举是太阳一生里
每天收集的。所以我知道是什么引领你们来找我；在给你们做解
释之前，跟我说说在你们来到这里的漫漫长路上，你们认为有什
么显得很不寻常。"

莫马尔说："我们遇到了穿着衣服、数着念珠的疣猪莫邦阿勒。"

"这是个没有了宝座的国王，丧失宝座的国王成了隐士。过分
虔诚地信仰宗教，他在宗教中寻求丧失的权势。他的念珠，他的
大而无边的软帽，他鲜艳夺目的长袍使多数人敬畏。既然人们还
在谈论他，还崇敬他，他认为自己辉煌的过去不会就这样完全消
失。他的虔诚只是表面的，如果把宝座还给他，他就会忘记祈祷，
国王不可能信教。"

穆萨说："在大太阳下，我们看到了一头与树桩死磕的公山羊
迪亚卡洛尔。"

凯姆塔纳说："一个年轻人与一个比自己年长的女人结婚就是
这样。他把时间花在不会生育的可笑的交配上。在这个不相配的
家里没有什么好结果，男人的精子白白耗费，因为女人像树桩一

样，将永远不会生育。"

比拉穆说："我们在荒芜的地方看到一头满身长着脓包但非常丰腴的公牛。"

"这头公牛花了四十天从浑浊的水滩来到草木稀疏的牧场，四十天后回来喝水，尽管这样，还能保持这般丰腴。这是个心宽的人，是个好人，是个值得尊敬的人。工作、烦恼和损害都不会使其灰心和泄气，恶意和卑鄙像脓包一样只能触及他的皮肤，他还是保持其本性。"

"我们在我们所见过的最丰美的草地上发现了我们一生从没见过的最瘦骨嶙峋的奶牛。"

凯姆塔纳说："这是个丈夫拥有很多财富的不称职的妻子，恶毒的妻子。她尖刻而自私自利的性格阻止其享受财富，她不会好心地提供任何东西。水尽管富足但苦涩，草是胆汁浇灌的，所以你们的马既不能喝这里的水，也不能吃这里的草。没有人会高兴地吃不用心做的一道菜。赠予成就好人，不知道给予的人不可能有幸福。"

"然后，我们在好像取之不尽的一点草和一点水附近看到一头肥奶牛。"

"这是个心宽的女人，是个好妻子，大度的母亲。她家的财富可能很少，但她很知足，总会把其中的一份财产送给到过她家的人。"

"我们还徒劳地追赶一只仅有三只脚的母鹿。"

　　"这只母鹿，是世界，是生活，就像人们已经度过的和将要继续的生活。不完美，短暂，无情。什么也挡不住时光的流逝，已逝时光追不回。烦恼的日子不能加速流逝，开心的日子也留不住。你们跟着三只脚的母鹿跑，直到听到祖先的召唤。"

　　"你们的父亲桑巴走了，给你们留下你们想知道的建议。像你们看到的一样，你们的羊皮袋里装的东西一点也不神秘。"

　　"穆萨，你的父亲，更准确地说是命运，留给你所有的金子。你怎么处理不能当饭吃的金子？如果你的兄弟们要与你分遗产，房子里能找到的东西中，你要什么？你，莫马尔，你将获得你想要的建在地上和长在田里的一切。至于你，比拉穆，你将获得用绳子绑的一切，所有的牲畜：牛、驴、马。"

　　"所以，你们还要去寻找别人家找到的东西吗？"

　　"回家去吧，把装着象征着真正财富的羊皮袋挂回去。穆萨，你的黄金不代表比莫马尔的沙子和比拉穆的绳子多或少。（你的妻子们不会因为将会有项链和手镯就更好，不会比握着缰绳当差的人更富有。）"

　　"回家去，挂回羊皮袋。不要忘记你们眼睛看到的，耳朵听到的，继续像你们的父亲那样辛勤地劳动。"


　　这是阿玛杜·库姆巴一天晚上向我们讲述的，那天我们遇到一个与比自己年长的女人结婚的年轻人。

# 萨尔藏

　　白蚁巢的废墟杂乱堆积，只有高高的小木桩顶上有一个鸵鸟蛋壳，因恶劣天气裂开、变黄还能指明这些哈吉·奥马尔士兵建造的清真寺圣龛的遗址。图库勒帝国的征服者让人剪去并剃光村里最年长老人及父辈们的头发，征服者让人割断不遵守《古兰经》律法的那些人的脖子。村里的老人重新编起了辫子。被疯狂的伊斯兰教隐士的门徒焚烧的圣林再次长出绿色，还在庇护着崇拜物——用于装黍米粥的、褪色的金丝雀或有金属光泽的、凝结着用于祭奉的狗血和鸡血的金丝雀。

　　就像偶然因灾难掉落的树杈，生长旺盛的树梢上结的成熟的水果一样，一些家庭搬离都古巴移居到更远的小村庄去。一些年轻人去塞古、巴马科、卡伊斯、达喀尔工作，其他人离开村庄到塞内加尔的花生地劳动去了，等到收完花生、挤完牛奶再从那里回来。所有人都清楚自己的根一直在都古巴。在都古巴已消除了伊斯兰游牧部落的痕迹，恢复了祖先的教诲。

都古巴的其中一个孩子比其他人离家更远，时间更长，这个男孩名叫帝埃莫克·凯伊塔。

他从当时的首府都古巴到卡地，从卡地到达喀尔，从达喀尔到卡萨布兰卡，从卡萨布兰卡到弗雷瑞斯，再到大马士革。出发的时候是苏丹的一个士兵，在塞内加尔受训，摩洛哥战争爆发时去法国参战，曾在黎巴嫩巡逻。从黎巴嫩回来时是个中士，在我的陪同下回到都古巴。

在以苏丹为中心的行政管辖区巡逻时，我在行政长官的办公室见到了中士凯伊塔，他刚复员回来，想加入巡逻队或成为翻译人员。

管辖区的长官对凯伊塔说："不，你回家乡去，能为行政区提供更多服务。你到过很多地方，见多识广，你跟其他人说说白人是怎么生活的，通过你的宣讲使他们开化。"然后他继续对我说："你既然要经过那里，那就带上凯伊塔，这样可以避免他路上劳累，又节约时间，他都离家十五年了。"

于是，我们就出发了。

在我们乘坐的小卡车里，我、司机和凯伊塔坐在前排，厨师、护士、副驾驶、巡逻队员挤在后排，后排还堆满装炊具的箱子、床，装血清和疫苗的箱子。中士凯伊塔向我们讲述了他当士兵和下级军官时的军旅生涯。其间还向我讲述了黑人土著步兵眼中的里夫山之战，还谈到马赛、土伦、弗雷瑞斯、贝鲁特。我们好像看不到前面在树枝上铺上一层黏土做成的瓦楞状路面的道路。在酷热和极端干旱的天气下，这条路到处弥漫着薄而油腻的灰尘。灰尘在我们脸上贴上一层土黄色的面膜，面膜在嘴中破裂。沿途藏着吼叫的狒狒和胆小、蹦跳的羚羊。在这炎热、令人窒息的雾天，凯伊塔仿佛再次见到了非斯清真寺的尖顶、马赛拥挤的人群、法国大片高耸的住宅和深蓝色的大海。

中午，我们来到了马都古村，不再有成型的路，我们骑马、雇脚夫继续赶路，以便傍晚时能到达都古巴。

凯伊塔说："你下次再来这里，可以乘车直达都古巴了，因为从明天起，我将带领村民修路。"

达姆鼓低沉的咚咚声表明我们已靠近村庄。大片灰色的住宅呈现于眼前，三棵棕榈树的灰暗色覆盖在住房上并折射在浅灰色的天空中。达姆鼓在嗡嗡响，它的三个音符盖住了笛子刺耳的声音，棕榈树顶透出微光。我们来到了都古巴，我第一个下马见村长。

"村长，这是您的儿子，凯伊塔中士。"

凯伊塔跳下马，好像他的鞋踩在地上是一个信号。达姆鼓停了，笛声也止住了。村长拉着凯伊塔的双手，其他老人碰碰他的手臂、肩膀和配饰，一些老妇人跑来跪着摸他的绑腿。在他们灰色的脸上，面部刀痕穿过皱纹，泪水在皱纹中闪动。所有人都喊着："凯伊塔！凯伊塔！凯伊塔！……"

村长最后颤抖着说："如今再回到村庄的人是善良和仁慈的。"

事实上，在都古巴，这一天是一个与平时不太一样的日子。这是科泰巴日，受难日。

透过刺耳的笛声，达姆鼓的咚咚声再次响起。在女人、孩子、成年男子围成的圈子中，一些光着上身的年轻人手里握着一条长长的、被摘去叶子的巴拉桑树枝，树枝软得像条鞭子，人们随着达姆鼓的节奏在转圈。笛子手位于转动的圆圈的中心，肘膝着地吹着一成不变的三个音符。在他上面，一个年轻人双腿叉开，手臂交叉于胸前。其他人从他身旁经过，树枝抽打在他的上半身，留下拇指般粗细的印痕，有时树枝连同皮肤一起撕下。刺耳的笛声上升一个音阶，达姆鼓声更低沉了。树枝呼啸，血流如注，柴捆和干枯的黍秸燃烧时发出的光映照在黑褐色的身体上，火光一直蹿到棕榈树顶上，微风中火苗发出微弱的嘎吱声。科泰巴！耐力的考验，痛觉缺失的考验。感到疼痛会哭的孩子只能是孩子，被别人弄痛后会哭的孩子成不了男子汉。

科泰巴！弓起背，承受挨打，转过身，接受挨打，科泰巴！

这还是野蛮人的方式！

我转过身，是凯伊塔中士刚刚加入我们敲击达姆鼓的行列。

野蛮人的方式？这是一种造就倔强的、打不垮的、粗犷的男子汉的考验。比这些年轻人年长的人谁没有头顶重荷走整整数天的路。凯伊塔和他的战友们在很少出太阳的地方，在灰蒙蒙的天空下英勇地战斗，他们背着背包，忍着饥寒和干渴，历经千辛万苦。

野蛮人的方式？可能吧。此外，对于我们应征入伍的年轻人来说这仅仅是启蒙。必须要磨炼一个人的身体、精神和性格，因为温室里的花朵存活不了。棍击弯曲的背和伸出的手指就学会了双关的谜。黑夜里我们会想起用于训练记忆的歌词，它们会随着灼烧手掌的炭火的炎热出现在我们的脑海中。我认为，一切迹象表明我们从中什么都没获得，我们所吃的苦可能超过了科泰巴，却不及入伍的士兵。

在刺耳的笛声的烘托下，达姆鼓一直在嗡嗡响。火灭了又重新被点燃。我回到为我准备的住处。那里下着雨，屋里弥漫着黏土和切细的、腐烂的稻草混杂在一起的浓重气味，经过雨淋，再变干燥，黏土会发出更易挥发的气味，同时还弥漫着死人的气味，嵌在墙上一人高位置的角的数量表明埋在这里的死人是三个。因为在都古巴，墓地消失了，死人继续与活人居住，他们被葬在家里。

当我离开都古巴时，照在身上的阳光已经有些发烫了，劳累一天的和喝了黍米酒（整个晚上装着黍米啤酒的葫芦从手到嘴，从嘴到手不停地在传递）的人们醉了，还在沉睡。

凯伊塔对我说："再见，我向你保证，当你再回这里时，路已经修好了。"


其他部门和其他地区的工作使我一年后才得以回到都古巴。


那是个闷热的傍晚，我们费力冲破一团厚厚的、黏黏的热气团。

凯伊塔中士信守了诺言，路一直修到了都古巴。像所有的村庄一样，听到汽车声，一群吵吵嚷嚷的孩子出现在路的尽头，他们光着身子，身上满是灰白色的灰尘。他们身边跟着一些红棕色的狗，这些狗耳朵被剪短，两肋凸起。孩子中间站着一个男人，他手舞足蹈，挥舞着系在右手腕上的羊尾巴。当汽车停下时，我看到孩子们以及狗围着的正是凯伊塔中士。像村里的老人一样，他在褪色的粗布短工作服里穿着一件没有纽扣和饰带的长袍和一条黄褐色棉布的短裤，短裤没有过膝，用一些细绳扎着，绑着绑腿，但绑腿已烂成了碎片，他光着脚，戴着法国军帽。

我向他伸出手，叫道："凯伊塔!"

像一群在吃黍米的小麻雀，孩子们叫着"不! 不!"散开了。

凯伊塔没有握我的手。他盯着我，却好像没看到我。他的目光如此游离，我不禁回头看那穿透我的身体的他的眼睛在盯着的东西。突然，他挥动羊尾巴，用沙哑的声音开始唱：

常听到

东西和人，

听到了火发出的声音，

听到了水发出的声音，

听风中

呜咽的灌木：

这是祖先们在呼吸。

我的司机说："他完全疯了。"我示意他沉默。凯伊塔中士一直在唱：

逝去的人并没有离开，

他们在明亮的阴影中，

在越来越浓的阴影中，

逝去的人不在地下，

他们在飒飒响的树中，

他们在呻吟的树林中，

他们在流动的水中，

他们在静止的水中，

他们在家中，他们在人群中，
逝去的人没有死。


常听到
东西和人，
听到火发出的声音，
听到水发出的声音，
听风中
呜咽的灌木：
这是祖先们在呼吸。
已逝祖先在呼吸，
他们没有离开，
他们没在地下，
他们没有死。


逝去的人从没有离开，
他们在女人的怀里，
他们附在啼哭的婴儿身上。


在燃烧着的木头中
逝去的人不在地下，

他们在熄灭的火中，

他们在呻吟的岩石中，

他们在哭泣的草丛中，

他们在森林中，他们在家中，

逝去的人没有死。


常听到

东西和人，

听到火发出的声音，

听到水发出的声音，

听风中

呜咽的灌木：

这是祖先们在呼吸。


他每天复述着这个协约，

重要的协约联系着，

把我们的命运与法律相联系，

与更深的呼吸行为相联系，

已逝没有死的人的命运，

重大的协议把我们与生活联系起来，

重要的法律把我们与行为联系起来。

萨尔藏

呼吸停了，

在床上，在河畔。

呼吸停了

在呻吟的岩石中，在哭泣的草丛中。

呼吸尚存，

在发光或变浓的影子里，

在飒飒响的树中，在呻吟的树林中，

在流动的水中，在静止的水中，

呼吸更重了，

呼吸出现了，

没有死去的逝者在呼吸，

逝去的人没有离开，

逝去的人不在地下。


常听到，

东西和人。


簇拥着老村长和村中一些有威望的人，孩子们回来了。致意后，我询问凯伊塔中士到底遇到了什么事。

老人们说："不！不！"孩子们叫嚷着："不！不！"

老父亲说："不！不是凯伊塔，是萨尔藏，只有萨尔藏，不能再激起逝者的愤怒。萨尔藏不再是凯伊塔。因为他的冒犯，逝者和神灵向他报仇了。"

他的宣讲始于他到家的第二天，我离开都古巴那天。

为感谢祖先将他的儿子安全带回家乡，凯伊塔的父亲杀了一只白色的鸡祭奉祖先，凯伊塔想阻止父亲。他宣称他之所以回来是因为他必须回来，祖先为此并没做什么。他说应该让逝者安息，他们对生者什么也做不了。村长不理会他的话，还是向祖先献祭了鸡。

耕地的时候，凯伊塔声称杀死黑色的鸡并把鸡血洒在田间地头是没用的，甚至是愚蠢的。他说："只要劳动就够了。需要雨时，自然就下雨了。黍米、玉米、花生、白薯、芸豆自然生长，如果用行政长官给他的犁耕地的话，这些作物会长得更好。"他砍去并烧了圣树达西里的树枝，这棵树是村庄和作物的保护神，村民们总在这棵树下祭奉狗。

小男孩割礼或小女孩阴蒂割除时，凯伊塔中士跳到跳舞或唱歌的孩子们的老师冈古朗身上，拔掉他头上戴的大量的豪猪刺和缠住他身体的细线。他扯去女孩们的老师马马得戎博祖父戴着花束、穿着用一束护身符和飘带装饰的黄色织物的锥体。他宣称这就是野蛮人的方式，然而他也见过尼斯的狂欢节，见过那些令人快活或恐惧的面具。确实，接受欧洲生活方式的非洲人和白人戴面具是为了玩耍，而不是向孩子们传授前人智慧的基础知识。

凯伊塔中士取下挂在住处的小袋，小袋是用来关住老凯伊塔家神灵尼亚那博利的。凯伊塔把这个小袋扔到院子里，瘦得肋部凹陷的狗在老村长到来前险些从孩子手中夺走小袋。

一天早上，凯伊塔走进圣林，他打碎了装黍米粥和酸奶的金丝雀，推倒了小雕塑和裂开的树桩，树桩上凝结的血沾满了鸡的羽毛。他宣称："这就是野蛮人的方式。"然而，凯伊塔中士也曾进入教堂，在教堂里，他看到一些小雕塑和一些圣母，他们的前面燃烧着大蜡烛。确实，镀金和蓝红黄色鲜艳的雕塑比立于圣林中的长臂短腿，光着上身被漆成黑色的乌木的矮人更漂亮一些。

行政长官对他说："你教化村民使其文明开化。"凯伊塔中士教育其家人应该与传统决裂，扼杀他们的信仰。村庄的生活，家庭的存在，人们的行为都基于这种信仰，应该根除他们的迷信思想。野蛮人的方式……为了开发他们的智力，塑造他们的性格，告诉行过割礼的年轻人没有任何地方，没有任何时刻能够、应该独处，这是野蛮人的方式。凯伊塔家族为塑造真正的男人对其施以鞭刑是没有用的，这只是野蛮人的方式。倒黍米粥和凝结的奶祭奉不定居的神灵和受保护的守护神是野蛮人的方式。

凯伊塔中士在集会树下向村里的年轻人和老人说这一切。


凯伊塔中士是在将近黄昏的时候精神失常的。靠在集会树上，他说、说、说，反对当天早上祭奉狗的拜物教祭师，反对不愿听他的老人，反对还在听老人的那些年轻人。当他正说着话时，突然，他感到左肩像是被针刺了一下，他转过身。当他再看听众时，他的眼睛就不一样了。嘴角流着有泡沫的、白色的涎沫。他还在说话，但从他嘴里说出的已不是原来的话。风带走了他的心智，它们可怕的呼啸着：

傍晚时分，凯伊塔一直在喊："黑夜！黑夜！"孩子和女人在家里颤抖。

太阳升起时，他喊："黑夜！黑夜！"

正午时他大声嚷叫："黑夜！黑夜！"风、神灵、祖先让他日夜说话、喊叫和唱歌⋯⋯

拂晓时分，我才在与死人共居的住处迷迷糊糊地睡着。整晚我都听到凯伊塔中士号叫着、唱着、哭着来来回回走动：

在黑暗的树林

喇叭在号叫，起劲地发出猫头鹰般的叫声

被诅咒的达姆鼓发出

黑夜！黑夜！

葫芦里的

牛奶变酸了，

花瓶里的

粥凝固了，

家里，

害怕传递出去，又传递回来，

黑夜！黑夜！


点燃的火把

在空中发出

没有光域的微光，

没有亮度，没有闪烁；

火把在燃烧，

黑夜！黑夜！


令人惊讶的风

游荡和呻吟

低声说些遗忘的话

颤抖的话，

黑夜！黑夜！


鸡冷却的身体

没有还会动的热尸体，

没有一滴血在滴，

没有黑的血，没有红的血，

黑夜！黑夜！

喇叭在号叫，发出猫头鹰般的叫声

讨厌的达姆鼓

孤零零的一条小溪，怯怯地，

呜咽并宣称

断流区域的人们

无休止地流浪，徒劳地流浪，

黑夜！黑夜！

在没有灵魂的稀树草原

被古远的风抛弃

喇叭在号叫，发出猫头鹰般的叫声

被诅咒的达姆鼓发出：

黑夜！黑夜！


焦急的树

凝结的汁

在叶子和秸上

不再祈求

拖住他们的脚的祖先

黑夜！黑夜！


在家里害怕在传递

在火把熄灭的天空

在孤零零的河流

在没有灵魂的和疲乏的森林

在焦急、褪色的树下

在昏暗的树林

喇叭在号叫，发出猫头鹰般的叫声

被诅咒的达姆鼓发出：

黑夜！黑夜！


　　没人再敢叫他原来的名字，因为神灵和祖先把他变成了另一个人。对于村庄的居民，凯伊塔已经不存在了，只剩下萨尔藏，疯子萨尔藏。

# 浙江师范大学外国语学院
## "非洲人文经典译丛"

百年来，非洲的文化思想飞速革新，知识分子既尽力重现往日历史传统的光辉，又在全球化的碰撞下迸发出新的思想火花，在文化领域留下了不可磨灭的思想印记。非洲大陆为世界贡献了许多杰出的文学家、思想家、政治家等。在中非合作越来越紧密的今天，人文领域的相互理解也变得越来越迫切，需要双方学者进行全方位、深层次、多角度的系统研究。

浙江师范大学外国语学院拥有国内高校首个非洲文学研究中心。中心旨在搭建学术平台，深入战略合作，积极服务于中非文化的繁荣与传播，为推进中非学术和文化交流做出新贡献。

国内首套大型"非洲人文经典译丛"以"20世纪非洲百部经典"名单为基础，分批次组织非洲文学作品及非洲学者在政治学、社会学、哲学、人类学等领域的重要专著的汉译工作，在此过程中形成一个高效实干的学术团队，培养非洲人文社科领域的译介与研究人才，构建具有中国特色的非洲文学研究学术话语体系。

# 浙江师范大学非洲研究院
## "非洲研究文库"

非洲大陆地域辽阔，国家众多，文化独特。近年来，中国与非洲国家的交往合作迅速扩大，中非关系的战略地位日益重要。目前，中非关系已超出双边关系的范畴而对世界产生多方面的影响，成为撬动中国与外部世界关系的一个支点。

浙江师范大学非洲研究院是国内高校首家成立的综合性非洲研究院，创建的目标在于建构一个开放的学术平台，聚集海内外学者及有志于非洲研究的后起之秀，开展长期而系统的研究工作，以学术服务于国家与社会。

"非洲研究文库"是浙江师范大学非洲研究院长期开展的一项基础性、公益性工作，秉承非洲研究院"非洲情怀，中国特色，全球视野"之治学理念，并遵循"学科建设与社会需求并重，学术追求与现实应用兼顾"之编纂原则，由国内外知名学者、相关人士组成编纂委员会，遴选非洲研究领域的重大重点课题，以国别和专题之形式，集为若干系列丛书逐步编撰出版，形成既有学科覆盖面与知识系统性，同时又重点突出各具特色的非洲研究基础成果，为中国非洲研究事业之进步，做添砖加瓦、铺路架桥之工作。